D1698084

I MOSAICI

PAOLO VILLAGGIO

LA FORTEZZA
TRA LE NUVOLE

MORGANTI EDITORI

I personaggi e i fatti descritti nel libro sono frutto dell'immaginazione dell'Autore. Qualsiasi riferimento ad avvenimenti e persone reali è puramente casuale.

collana *I mosaici*
La fortezza tra le nuvole

morgantieditori@morgantieditori.it
www.morgantieditori.it

ISBN: 978-88-95916-44-6
prima edizione: settembre 2011

I
MEGADITTA

C'era una volta una grande pianura molto verde, con fiori bellissimi, alberi, fiumi e piccoli laghi.

Sopra, a perdita d'occhio, si stendeva un cielo azzurro con tante nuvolette bianche come lo zucchero filato, dove a primavera si facevano ancora vedere le rondini.

Al centro della placida pianura sorgeva una montagna. Alla base era verde ma, salendo, con lo scomparire progressivo dell'erba il colore diventava dapprima di terra rossastra e poi, via via, si faceva sempre più grigio, un grigio tristissimo e plumbeo.

La cima non si vedeva mai, perché in ogni stagione, anche quando c'era il sole, s'infilava in un anello di fitte nubi, sparendo.

Se però si saliva ancora più in alto, oltre le nuvole spuntavano i tetri edifici di un'immensa città, chiamata Megaditta.

Era diversa dalle altre città di montagna, perché aveva l'aspetto di una grande fortezza ottagonale.

Le sue finestre sembravano feritoie, e da esse si potevano controllare le grandi mura di granito grigio che la circondavano.

Dentro, non era una città piena di vita, rallegrata dalle voci di popolani felici, ma era triste come un carcere.

Anzi, più che un carcere pareva un manicomio.

Un curioso silenzio veniva interrotto a intervalli regolari da urla disperate, che ricordavano i gorgoglii d'aiuto di naufraghi che stanno per affogare.

Lo spazio della fortezza, che si ergeva per sette altissimi piani, si sviluppava attraverso chilometrici corridoi con centinaia, o forse migliaia, di porte sbarrate da pesanti lucchetti.

Dietro ogni porta c'era una cella, e dentro ogni cella erano rinchiusi quattro impiegati mal pagati e legati strettamente alla sedia dietro alle rispettive scrivanie. Obbligati a manipolare i bilanci e a mangiare solo pizza margherita senza origano, ogni tanto li si sentiva urlare.

"Basta! Aiutateci!", era il loro grido monotono, che filtrava nei corridoi tra l'indifferenza generale.

Dal piano terra al sesto piano vivevano invece i sudditi.

Per loro le musiche allegre erano vietate, salvo quando scadeva – per tutti, ma non per gli impiegati – la fine dell'orario di lavoro, che veniva segnalato con tre cupi suoni emessi dalle mastodontiche mille canne dell'altrettanto mastodontico organo.

Questo strumento aerofono, che di musicale aveva solo il nome, era stato collocato al centro della cattedrale un tempo dedicata a san Barnaba Ugo Ottolenghi, protettore delle fortezze tra le nuvole, e recentemente e opportunamente ridedicata al dittatore di Megaditta.

Il suo nome era Guerrin Arturo Santamaria, meglio noto con uno dei cento tra titoli e nomi che usava e di cui abusava, ovvero *il Megapresidente*.

Dato che era stata bandita ogni forma di attività che potesse anche solo lontanamente configurarsi in una perdita di tempo – e la religione veniva considerata tale –, il presidente aveva fatto collocare su ogni parete della cattedrale, per ricordare a tutti chi comandava, 47 sue grandi foto, che lo ritraevano a colori in altrettanti eroici atteggiamenti.

Ovunque, e non solo là, erano stati aboliti i crocifissi, le foto del Papa, le immagini di san Padre Pio e di tutti gli altri santi, di ogni taglia, colore, periodo storico e statura.

Ogni tipo e forma di abito e paramento sacro era stato spogliato di ogni sacralità, per essere laicizzato in divise di riconoscimento delle mansioni di chi le indossava.

Era anche vietato pregare, per impedire che le pie donne potessero borbottare con i rosari in mano. Nessuna deroga era concessa, nemmeno nel mese mariano di maggio.

Al settimo piano, però, dove si trovavano anche i lussuosissimi appartamenti del Megapresidente, l'austero clima generale cambiava completamente.

Qui l'atmosfera lugubre dell'architettura della fortezza era ravvivata da luci lampeggianti e ipnotiche di vari colori, e da continue e assordanti musiche latino-americane, in un tripudio di salsa, rumba, samba, tango e macarena.

Alle pareti dei lunghi corridoi il Megapresidente aveva fatto appendere le foto dei suoi avi, di cui lui, per una bizzarra e inquietante perversione, andava particolarmente fiero: tutti – mamma e babbo compresi – erano stati internati a forza nei più grandi e lugubri manicomi d'Europa.

Ogni 100 metri erano stati collocati distributori automatici e gratuiti di vodka ghiacciata, di whisky, di sigarette alla marijuana e, su interminabili lastre di vetro nero, di strisce di cocaina purissima.

Nei corridoi si svolgeva un passeggio concitato e continuo di direttori e di vicedirettori ubriachi che ruttavano sgangheratamente, mentre, appoggiate alle pareti, stavano silenziose e sempre disponibili prostitute nude di varie altezze, età, nazionalità e specialità professionale.

Inginocchiati intorno ai distributori di cocaina, alcuni impiegati senzadio vestiti da frati francescani, addetti alla richiesta di finanziamenti, di mutui o di leasing, durante la loro pausa caffè imploravano le macchinette per avere monete d'oro e droga.

In alcune stanze ovali, un numero imprecisato di massaie lituane, di non ben precisata identità sessuale, stavano chiuse per nove ore al giorno in gabbie di bambù. Se opportunamente foraggiate di denaro e di vodka, suonavano con la balalaika le allegre canzoni delle loro terra.

Sulla sommità della fortezza, invece, si trovavano gli appartamenti del Megapresidente.

In là con l'età, ma ringiovanito da iniezioni di botulino, aloe vera e vitamine, per vezzo, e per una personalità multipla incline alla paranoia, girava in lungo e in largo, di sotto e di sopra, per la sua fortezza tra le nuvole. Anche queste ultime – le nuvole – erano di sua esclusiva proprietà.

Camaleontico per inclinazione e necessità, per evitare di essere riconosciuto e aggredito dai suoi avversari si travestiva e si mischiava così ai fattorini, ai cavallerizzi ungheresi e spesso, quando giungeva l'alba, si trasformava in suora francescana elisabettina, la Bìgia.

Usava travestirsi, non senza soddisfare la sua innata teatralità, perché sapeva che nella fortezza almeno un centinaio tra i suoi *fidi* consiglieri, tutte le notti, sognava di ucciderlo.

E si sa: dal sogno alla realtà il passo è sempre breve, soprattutto se i sognatori ci mettono impegno.

Per questi disgraziati, sopraffatti dall'angoscia di doverlo costantemente consigliare al meglio, pena la morte, c'era ogni notte lo stesso incubo ricorrente, di tono chiaramente propiziatorio: sognavano di sorprenderlo all'alba in uno dei suoi nascondigli segreti, dopo di che lo aggredivano alle spalle, lo immobilizzavano e, con delle enormi forbici da sarto, gli facevano una grossa incisione sul labbro superiore.

Poi, afferravano i due lembi di carne e, con un urlo orrendo da parte del despota, gli stracciavano la faccia.

Per un attimo, prima che il sogno si tingesse di rosso per l'abbondante sanguinamento, si vedevano la dentiera

– metà di porcellana e metà d'oro –, poi le ossa del setto nasale e i bulbi attoniti e increduli degli occhi.

A questo punto, immancabilmente sempre a questo punto, i consiglieri disaffezionati si svegliavano di soprassalto, grondando sudore gelato.

Subito accorrevano a placarli alcuni camerieri tedeschi, abilitati e specializzati nel *pronto intervento incubi*.

«Si calmi, si calmi!», dicevano con voce melliflua e soporifera. «È tutto passato, eccellenza consigliere... era il solito sogno delle forbici, vero?», e così dicendo assestavano una randellata punitiva in testa al traditore–sognatore.

Nessuno, nella fortezza, conosceva i veri connotati del Megapresidente. Lui, oltre ai continui travestimenti, mangiava, dormiva e defecava in stanze e bagni sempre diversi. Spesso e volentieri non suoi.

La sua era un'abile azione di depistaggio.

Lui era l'eminenza grigia di quella città, così spaventosamente unica e per alcuni versi affascinante.

Lui era il vero e unico padrone, con potere di vita e di morte su tutti, anche sul direttore del giornale locale di gossip, *La Gazzetta dello spione*.

Era un uomo dalla cattiveria di un livello talmente elevato, talmente contorto, talmente ingegnoso e talmente machiavellico che lui stesso, a volte, se ne stupiva, autocongratulandosi soddisfatto.

Questa sua inclinazione malvagia gli procurava però un piccolo inconveniente: quando veniva contrariato, la sua inaccettabile frustrazione si ripercuoteva sul linguaggio: diventava inabile a parlare e, balbettando, emetteva frasi senza senso con parole tronche, ripetute o storpiate.

Ovviamente, nessuno aveva mai osato sottolineare quella sua deficienza, per cui la cosa era stata universalmente accettata come normale.

Nelle puntuali classifiche svizzere del *Swiss Bösem Forum*, da dieci anni il malvagio tiranno era indicato come la *"carogna più carogna"* del mondo occidentale e, con quest'ultima motivazione, da sei anni a Natale veniva premiato con l'ambitissimo *Scorpione d'oro*, che gli veniva consegnato nel corso di una commovente e affollata cerimonia, che si teneva presso l'hotel *Du Lac* a Ginevra.

Il suo caratteraccio era noto al di là delle nuvole che circondavano la sua città.

In quel regno tra le nuvole, gli abitanti erano rigidamente divisi in classi sociali molto diverse tra loro, secondo la sempiterna struttura sociale a piramide: al vertice, subito sotto al Megapresidente, c'erano i potentissimi, e sotto di loro una fascia esigua di leccaculo, ruffiani e portaborse, disposti a tutto pur di raggiungere i gradi più elevati del potere e del benessere.

Tutti loro abitavano nel settimo livello della fortezza.

Poi, scendendo di grado, c'era la moltitudine eterogenea dei sudditi: prima i cosiddetti 'colletti bianchi' o impiegati di concetto, censiti in 1.100 unità, poi la grande massa degli operai adibiti ai lavori manuali, come gli elettricisti, i fabbri, gli idraulici, i giardinieri, i pulitori di cessi e i necessari e abilissimi carpentieri, da cui dipendeva la manutenzione della struttura portante della fortezza.

Le loro mogli erano incaricate della pulizia delle strade, dell'allevamento dei figli e dei maiali e, nel caso fossero state sprovviste di figli e di maiali, facevano le cameriere in uno dei rari ristoranti o nella mensa aziendale.

Stiamo parlando, in tutto, di circa 18 mila individui, gente mansueta e rassegnata a subire le angherìe del Potere. Gente inerme, geneticamente incapace di qualsiasi tipo di ribellione.

Per sopravvivere, simulavano sempre ammirazione e affetto per i loro superiori del settimo piano.

Questi inferiori vivevano tutti tra il piano terra e il sesto piano. Nella loro onestà di lavoratori lontani dai vizi e dagli eccessi, sapevano che una massa enorme di creature di una strana e antica popolazione compariva e scompariva d'improvviso dal sottosuolo, come i topi di fogna.

Nessuno aveva mai capito dove si nascondessero, sicuramente nei meandri sotterranei scavati tra la roccia e le ciclopiche fondamenta di Megaditta.

Era una stirpe a parte, che mai aveva registrato i propri membri all'anagrafe, e che per questo motivo non aveva mai pagato le tasse e non aveva mai fatto le vaccinazioni.

Era la stirpe dei nani.

Ce n'erano di due soli sessi, ma di varie taglie e tipologie: i nani gobbi – i più pregiati, perché i più rari a nascere, oltre che essere i più furbi e i più longevi, –, i nani da fatica – instancabili! –, i nani da passeggio e i nani spia dei Servizi Segreti, che venivano usati dai vertici della piramide per le operazioni più ignobili e segrete.

Tra i loro compiti c'era la gestione, la relativa messa in ordine e l'ampliamento dell'Archivio segreto del Megapresidente, che conteneva ogni genere di informazione, soprattutto l'inventario reale dei beni mobili e immobili di proprietà del Capo, oltre a tutte quelle informazioni di natura compromettente riguardanti i suoi più stretti collaboratori e i suoi nemici.

Sia di quelli dentro la città, sia di quelli fuori, nel resto del mondo.

I nani parlavano tra di loro con la tipica voce da nano. Era una lingua a parte, ricca di suoni gutturali, di schiocchi e di fischi, e usavano una scrittura completamente incomprensibile al di fuori della loro bassa cerchia.

Quando invece si rivolgevano agli altri, quelli che loro chiamavano, nel loro *politically correct*, i *diversamente bassi*, usavano un linguaggio semplice, comprensibile e privo di qualunque inflessione.

Famosi per la loro astuzia, erano oltremodo temuti.

Da un censimento azzardato dai vertici, basato soprattutto su leggende, dicerie e pettegolezzi, di cui mancava il comprovante carteggio, si era stimato che potessero essere addirittura quarantamila!

Si narra anche che discendessero da una stirpe di giganti, ristrettisi per i troppi lavaggi nelle acque inquinate e puzzolenti del fiume sotterraneo che scorre per chilometri sotto Megaditta.

Si manteneva tuttora vivo nei racconti orali che i nani, un tempo, fossero stati i padroni incontrastati di Megaditta, ma che, per un tracollo finanziario in seguito ad azzardati investimenti nel campo della gomma da masticare alla marijuana, l'avessero ceduta a Guerrin Arturo Santamaria, evitando così il fallimento.

In cambio, lui aveva loro permesso di non allontanarsi da quella che un tempo era stata la loro città; così risolsero la cosa costruendo sottoterra nuovi spazi abitativi, lunghissimi cunicoli e ogni altra strana diavoleria tipica dei nani.

In cambio, il neoeletto Megapresidente divenne il loro padrone con diritto di vita e di morte, e li assoldò per tutti i suoi affari, con un occhio di riguardo per quelli più loschi e pericolosi.

Di notte, dai tombini delle strade deserte, gli occhietti malefici dei nani spia lampeggiavano, e si vedevano strisciare lungo le vie di Megaditta le loro ombre minute e spesso deformi.

I sudditi, impauriti, dicevano parlottando tra loro che potevano essere anche più di centomila, ma nessuno l'avrebbe mai potuto accertare.

I nani avevano un odore particolare, silvestre, che per fortuna loro veniva avvertito solo dai nasi sensibili dei cani, che infastiditi abbaiavano tutte le notti.

Se nelle ore notturne arrivava in città qualche straniero in visita, per turismo o per affari, immancabilmente domandava: «Perché i vostri cani abbaiano così?»

«Non lo sappiamo da mai», rispondevano sconsolati i locali, scuotendo la testa.

2
MEGADITTA È IN PERICOLO

Una notte, negli Archivi sotterranei della città, il Megapresidente, vestito nei suoi adorati panni da suora elisabettina Bìgia, strisciava lungo le pareti divorato dalla solita cronica ansia mortale.

Improvvisamente, da una nicchia spuntò e si palesò al suo suoresco cospetto un nano spia.

L'omuncolo salì sgambettando su un gradino di pietra e si guardò attorno, con quella naturale circospezione che è tipica degli spioni.

«Bìgia Maestà», gli sussurrò all'orecchio con la classica voce da nano spia, «ho saputo da fonti sicure che da una città senza nome della Polonia sta per arrivare a Megaditta Otto Kluksmann... la voce che gira è che abbia intenzione di mettere le mani sulla fortezza».

La Suora francescana, pervasa dalla rabbia, dalla debordante frustrazione e dalla incontrollabile paura di perdere il potere, sputò con violenza in faccia al nano, gli affibbiò un dolorosissimo calcio nelle palle e lo ributtò con una ginocchiata feroce nella nicchia da cui era emerso.

Una furia selvaggia lo invase e, dalle profondità sotterranee, si elevò sino al terzo piano il suo urlo disumano.

Sapeva che Kluksmann, cresciuto nella cattolicissima Polonia e allevato in un collegio di inflessibili monache

Orsoline, dietro la sua improbabile faccia d'angelo e i suoi modi falsamente accondiscendenti celava uno degli uomini più corrotti e arrivisti che mai si fossero visti nella storia dell'intero pianeta.

Tant'è che, ogni anno, trionfava con merito nella *Vipera di diamante*, un concorso organizzato a Varsavia da mangiapreti della peggior risma in un'osteria malfamata situata proprio di fronte al santuario della Madonna Nera di Czestochowa, quasi a spregio del santo luogo, ricettacolo invece d'infinità e rassicurante bontà.

Non c'è tempo da perdere, si disse con grande decisionismo la Suora, che fece suonare in piena notte le campane dell'allarme generale.

Attirati da quello scampanìo sinistro, da sempre foriero di disgrazie, arrivarono dai piani di sotto i membri del Consiglio Segreto dei Dieci Assenti, così chiamati perché ufficialmente nessuno di loro esisteva.

Due di loro erano originari delle isole Adamanne e vestivano da ladri, con mascherina nera d'ordinanza, pantaloncini neri attillati e maglia a righe nere orizzontali.

Un altro consigliere era nativo di Belgrado, e si presentava sempre in doppiopetto gessato e papillon, abbronzatissimo, un baffetto sottile tra naso e bocca e occhiali scuri, secondo l'icona classica del truffatore.

Quattro, canticchianti e biancovestiti in jeans e camicia sbottonata, erano sempre accompagnati da quattro grassi transessuali brasiliani di Fortaleza. Loro si occupavano di traffico di droga.

Altri due, con una pluridecennale specializzazione nel riciclaggio di denaro sporco, erano di Lisbona. Avevano preso la bislacca ma efficace decisione di vestirsi in abiti femminili, ed erano sempre accompagnati dalle rispettive mogli, due donne mascoline e sadiche, nonché contesse decadute, che amavano paludarsi nella nera tenuta da SS. Non bastasse, le due virago si spacciavano per parigine.

Il decimo consigliere aveva emesso il primo vagito in una linda nursery di Lugano, ma in realtà era oriundo della val Trompia. A dispetto degli altri, aveva deciso di presentarsi al mondo e al resto del Consiglio in tenuta adamitica. Quando gli altri membri lo guardavano schifati, lui candidamente diceva, in un perfetto italiano della val Trompia: «Giacché siamo stati privati della nostra identità, e quindi non esistiamo, il mio essere nudo è un falso problema. Ciò che pensate di vedere esiste solo nella vostra mente». Nessuno mai, nemmeno il Megapresidente, era riuscito a ribattere a questo intellettualismo così snob.

Alle due di notte, alla luce di un'unica e tremolante candela, tenuta in mano da un nano da fatica, in una stanza segreta di una grotta altrettanto segreta i dieci consiglieri e gli altri sei della compagnia attendevano timorosi che la Suora prendesse la parola.

Dopo aver camminato nervosamente per una decina di minuti, la Suora si girò verso di loro e li rese edotti.

«Signori, sta per arrivare Otto Kluksmann!», annunciò teatralmente, guardandoli con un'espressione minacciosa da manuale, che non fu purtroppo apprezzata a causa del buio quasi totale.

La sua voce rauca arrivò però a segno, e il luganese in tenuta adamitica cadde svenuto con la faccia sul terriccio della grotta.

Uno dei due ladri adamanni vomitò, sulla schiena di uno dei trans, la cena della sera prima e una rana ancora viva. Pescata chissà dove...

Il truffatore serbo in gessato emise un rutto devastante, che gli fece saltare tutti i bottoni del doppiopetto e fece tremare il lampadario di cristallo che si trovava al centro della sala.

Una delle due nobildonne in divisa mormorò *"Mon Dieu"* ed emise, quasi sovrappensiero, una lunga, flebile ma pestilenziale scoreggia.

«Bisogna mettere subito a punto una strategia!», ordinò la Suora, puntando contro di loro il lungo e minaccioso indice della mano destra, mentre, con quello della sinistra, e il relativo pollice, si tappava le narici.

Passarono 12 minuti di completo e angoscioso silenzio. Il nano da fatica, al tredicesimo minuto, provvide a sostituire il moccolo con una candela nuova.

Al quattordicesimo minuto, dopo aver elucubrato chissà quanti pensieri per chissà quale geniale strategia, parlò per primo il truffatore.

«Dobbiamo ucciderlo», disse con convinzione.

«Non dire stronzate, pezzo d'idiota», ribatté disgustata la Suora.

«Allora facciamo una grande festa in suo onore e gli diamo da mangiare una torta avvelenata», ipotizzò l'effemminato riciclatore di Lisbona.

«Coglionazzo! Kluksmann sarebbe l'unico a non toccare la torta, non è mica uno stupido. E per voi sarebbe una strage!», sentenziò la Suora.

Quello nudo, da terra, riavutosi cercò di riabilitarsi agli occhi del Capo.

«Aspettemolo cun na finta legria e studiam le su mosse», suggerì con accento tipico del Canton Ticino.

Gli unici che non parlarono furono i trafficanti, impegnati a ballare con i transessuali. La Bìgia era fuori di sé.

«Siete dieci maledetti imbecilli! Per colpa della vostra inettitudine non ci muoveremo da questa grotta fintanto che non avremo trovato la soluzione: come liberarci di quello stronzaccio polacco che vuole darmi un calcio nel sedere, occupare Megaditta e magari vincere anche quest'anno la *Vipera di diamante* e, chissà mai, anche lo *Scorpione d'oro*. Vi consiglio di dare un senso alla vostra triste esistenza e di escogitare qualcosa al più presto».

Detto questo, s'accomodò su una sedia e li fissò minaccioso.

3

SI STUDIA UN PIANO

I preoccupati membri del Consiglio, con il resto della compagnia a fare da contorno, passarono tre giorni e tre notti nella stanza segreta della grotta segreta senza mai dormire, senza mangiare e, soprattutto, senza bere nemmeno un goccio d'acqua.

In merito all'espletare i loro bisogni fisiologici, grandi e piccoli, non se ne fa volutamente menzione per non impressionare ulteriormente il lettore.

In tutti i primi sei piani della fortezza, i miti sudditi non si erano ancora accorti che il loro Megapresidente era scomparso, per cui continuavano a sgobbare come ogni altro giorno.

Al vizioso settimo piano, invece, accortisi della mancanza del loro dittatoriale primo cittadino, se la spassavano tutti che era un piacere.

Alle 5 di mattina del quarto giorno, una delle due nobili SS, che aveva dormito con la faccia affondata nel terriccio, svegliandosi fece con il naso un debole sfiato per liberarsi dalla terra.

«Signori miei», esordì poi con voce spenta, «spero per le mie nobili e doloranti ossa che abbiate trovato la soluzione. A proposito: qualcuno ha un goccio d'acqua? Ho la bocca impastata di terra».

La Suora, affetta da acuta paranoia da insonnia e con gli occhi cerchiati per la stanchezza, le sparò un violentissimo calcio sulla nuca, che le incrinò le ossa cervicali mandandola gambe all'aria.

«E stai zitta, vecchia merda nazista!», le gridò inferocita. «Siamo in un guado tragico e tu non sai far altro che chiedere acqua. Dovrei farti annegare nel fossato che scorre attorno a Megaditta, ma temo che ti troverebbero indigesta persino i miei amati piraña, che pure tengo opportunamente a dieta».

L'insonne Bìgia fece quindi una pausa e, nell'angusto spazio della stanza, cominciò a camminare nervosamente, sperando che un'idea geniale potesse finalmente venir*gli* in soccorso.

«Quell'Otto arriverà domani alle 8.28 giù in pianura, alla stazione ferroviaria, con il Freccia rossa. Facciamo così: andiamolo a prendere... e poi si vedrà il da farsi. Presto, facoceri debosciati, improvvisate una strategia d'aggressione sul momento!»

«Dal nos omo ciù milior...», luganeggiò da terra lo svizzero ignudo.

«No, coglione!», sbraitò la elisabettina bìgia, paonazza in volto dalla rabbia. «Qui non ci vuole il nostro uomo *migliore*, ci vuole il nostro uomo *peggiore*. Lo so, non c'è bisogno che me lo diciate voi, la scelta sarà estremamente difficile, perché Megaditta è piena di cretini da competizione. Si tratterrà solamente di individuare il peggiore di tutti, quello che combatte ogni giorno della sua misera vita per conservare quell'unico neurone contenuto nella sua testolina e che, per giunta, fatica a mantenere efficiente. Tutto questo nella speranza che Kluksmann diventi, diciamo così, 'vittima delle circostanze', incappando in qualche incidente che noi nel frattempo studieremo con calma. Dal punto di vista pratico, dovrà rimanere vittima di qualche errore che il super cretino che andremo a trovare non potrà esimersi dal fare... Già me lo vedo, il nostro inviato speciale, cappottare mentre sta parcheggiando l'auto che gli forniremo al *Parking a piani inclinati,* invitare a cena Kluksmann dove servono per stomaci di ferro solo cibo avariato, o a pranzo in quell'insidioso ristorante macrobiotico alla moda, *Morirdifame*. E se, come spero, sarà proprio il più cretino del Reame, potrà fargli venire una sbornia da infarto all'enoteca *Bacco in spirito,* oppure un ictus portandolo alla mostra di quadri di pittori di transavanguardia e subito dopo facendolo assistere a uno spettacolo di balletti della mefitica coreografa Pina Bausch. Ci sarebbe anche il ristorante di Garaque, esperto in *nouvelle cuisine*, che potrebbe fare al caso nostro. Ovviamente daremo, diciamo così, una mano al cretino, di modo che dove non arriva lui a far danni lo faremo noi. Sguinzaglieremo i nostri doppiogiochisti migliori e i nostri nanispia più efferati. Otto Kluksmann, hai le ore contate! Venite, miei fedeli, seguitemi nella grande sala riunioni al settimo piano».

Mentre salivano tutti insieme accalcati nella cabina di legno dell'ascensore, una delle SS ebbe la splendida e azzardata idea di aprire bocca.

«Cara Madre Suora, dove ci porta?»

«Stai zitta, vecchia bagascia, sennò ti butto di sotto», urlò.

Saltando velocemente giù dalla cabina, entrarono direttamente nell'enorme sala riunioni del Consiglio Segreto dei Dieci Assenti: illuminatissima, aveva al centro un grande tavolo circolare di marmo bianco, attorno al quale erano state collocate ventisei scomodissime sedie di legno di varia foggia e dimensione.

«E ora seghiamo le gambe di una sola sedia», ordinò la Suora.

«Perché?», chiese perplessa la stessa SS che aveva appena rischiato di essere espulsa dalla cabina.

L'interpellato nei bìgi paludamenti non rispose, preferendo sputarle in faccia.

Poi, si voltò verso la parete dov'erano schierati cinque fattorini, che astutamente avevano avuto la servile accortezza di vestirsi immediatamente da suora.

«Mie fedeli bìgie, prendete quella sedia lì e segatele le gambe!», ordinò. «Correte poi all'ufficio del personale e fatevi dare subito la lista dei dieci più cretini di tutta Megaditta. Li voglio qui subito, nel giro di un quarto d'ora! E vi prego, che siano davvero dei *grandissimi cretini!*»

Una suora-fattorino s'avvicinò rispettosamente alla consorella Superiora.

«Madre», disse inchinandosi, «sono le 5.30 del mattino: gli impiegati, dopo una dura giornata di lavoro, sicuramente stanno ancora dormen...»

Senza dargli il tempo di finire la frase, la Suora gli sparò una gomitata megagalattica sul naso, che iniziò a sanguinare copiosamente.

«In 15 minuti devono essere qua! Muoviti, verme, o ti faccio buttare giù dalle mura della fortezza per diventare pasto dei nani».

Il fattorino trasalì per il terrore e corse all'Ufficio del personale.

La Madre Superiora, nel frattempo, mise a punto il piano d'azione. Non potevano essere fatti errori, ne andava del futuro di Megaditta.

Si guardò attorno e, dopo aver guardato in faccia i consiglieri uno per uno, si chiese se non fosse il caso di farli scuojare ed eleggere al loro posto qualcuno di più malvagio e, soprattutto, di meno deficiente.

4

I CRETINI A RACCOLTA

Erano passati solo 7 minuti dalle minacce suoresche quando i prescelti, senza ombra di dubbio i dieci più cretini di Megaditta, arrivarono spintonati con un'alabarda appuntita a forma di rosario da un paio di suore-fattorino.

Fecero il loro ingresso nella sala del Consiglio, battendo i denti per la paura, con un tintinnìo odontoiatrico che risuonò sinistramente.

Per il timore di quello che li aspettava si avvicinarono lentamente, tenendosi teneramente per mano nei loro grembiulini puliti e ben stirati.

Per la levataccia erano ulteriormente rincoglioniti dal sonno, tanto che due di loro dormivano ancora in piedi, russando come rinoceronti.

«Signori cretini, aaattenti!», urlò una suora-fattorino.

I due addormentati, refrattari a quell'urlo da sveglia dell'esercito, sobbalzarono solo un poco, continuando imperterriti a dormire in piedi.

Due perfetti cretini da manuale, pensò la Madre Superiora ghignando soddisfatta.

«Bene, molto bene, mi congratulo con voi per l'ottima scelta. Sembra che abbiamo del buon materiale. Fattorino, avanti con il primo...»

«Aaaavanti il primo!»

Avanzò un cretino, tremando come un budino alla fragola in mezzo a una tempesta tropicale.

Prese con prudenza la mano del fattorino-bìgia e gliela baciò rumorosamente.

«Che fa?», chiese questi imbarazzato. «Sta sbagliando suora».

«Abbia pietà di me, sorella», implorò il poveretto, «sono un cretino e ho dormito poco...»

Non contento, si buttò giù a baciare le scarpe a un'altra suora-fattorino, che fece un balzo indietro disgustata.

«Sti chi sun prop cretini», sentenziò lo svizzero nudo ridacchiando e facendosi sussultare gli zebedei.

«Ma come faccio a individuare il Capo?», si lamentò il poveraccio. «Sono tutte suore...»

«Pezzo d'idiota! Usi il suo naso: la Suora giusta è quella che puzza di sudore», suggerì la solita SS nerovestita, che aveva, come ogni nobildonna, la puzza sotto il naso. «Il Megapresidente indossa da cinque giorni la stessa tunica grigia!»

Il Megapresidente, vistosi smascherato, mostrò alla platea un sorriso da cobra che non prometteva davvero nulla di buono.

«Scaraventate subito giù dalle mura questo milite tedesco, che poi è una bagascia, moglie di un riciclatore di Lisbona mio consigliere», ordinò smascherando a sua volta la moglie del consigliere con inclinazione per gonne a fiori e giarrettiere.

Due suore-fattorino s'avventarono su di lei e la buttarono senza troppi riguardi giù dalla finestra.

«Ahò! L'era la muièr sbaliata!», esclamò dispiaciuto il ticinese.

«Embè? Facciamola finita!», ringhiò la Suora. «Qui dobbiamo lavorare. Nel dubbio, buttate giù anche l'altra!»

Tre suore presero di peso l'ultima SS rimasta. Mentre la portavano verso la finestra, la nobildonna, dimenandosi, parlò con un filo di voce.

«Chi l'avrebbe mai detto», disse con nobiltà mentre cadeva rimbalzando sulle mura aguzze della fortezza. «Me l'aveva predetto, la maga Lella, che sarei morta a 33 anni!»

Furono le sue ultime parole urlate, prima dell'irrimediabile tonfo.

«33 anni?», domandò incredula la Suora puzzona rivolgendosi ai fattorini.

«Non si fidi, reverenda Madre, quella ne aveva 62 e un alito atroce», intervenne il meschino marito riciclatore.

«Molto bene!», disse la Bìgia sfregandosi le mani. «Allora, andiamo avanti con la nostra selezione. Signori cretini, vi chiedo un minuto d'attenzione, anche se capisco che sto chiedendo molto alla vostra cronica scarsità intellettuale: ho bisogno della vostra collaborazione».

Indicò allora uno di loro, educatissimo, che si stava vomitando sui palmi delle mani per evitare di sporcare il pavimento.

«Sì, lei! Proprio lei, il cretino con il vomito che gli sgocciola disgustosamente in mano... Venga qui, si metta pure il vomito in tasca, scelga liberamente una tra queste 26 sedie e si *sedia*!»

«*Sedia?*», domandò replicando una suora-fattorino alle sue spalle.

«Si *sessa!*», si corresse la Suora.

«*Sessa?*», chiese sempre più perplessa la suora-fattorino, che non si era resa conto di scherzare con il fuoco.

«Io spaparlo come cacazzo mi pareee!», sbraitò inferocita la Bìgia. «Buttate ai cani della prateria questa stupida maleducata!»

Il disgraziato fu spogliato della tonaca e fatto volare giù dalle mura, ma, prima di spiaccicarsi al suolo, tutti, a Megaditta, sentirono le sue ultime parole.

«Megapresidente, vai a fare in culooo!»

Poi, fu tutto un abbaiare lontano di cani feroci...

Più di qualcuno, in città, pensò erroneamente che fossero i nani a fare baldoria.

«Allora, si *sedia* o no?»

«Non oserei mai farlo in sua presenza», si schernì timoroso il cretino.

«Troppo prudente, non va bene. Avanti il prossimo... Buongiorno, caro signore, scelga una di queste sedie a caso e ci si *sessi* sopra».

«Madre, le confesso che non saprei quale sedia lei vorrebbe che io scegliessi... vediamo... la prego, mi dia il tempo di meditare...»

«Via, via! Anche questo non va bene! Sembra furbo, non fa al caso nostro. Un altro! Si *sessa*!», disse spazientita.

«Là... lì... lù... là... io mi *sesso* qua!», disse facendo la conta il terzo cretino esaminato, spostando poi una sedia e sedendosi tranquillamente.

«Un altro!»

Avanzò il quarto cretino, che respirava a fatica. Titubante, fece due piccoli passi verso il tavolo.

«Madonnina dei dolori, aiutami tu», mormorò spostando una sedia e guardandosi attorno.

«Porca di quella puttana! Non va bene neppure questo! Andiamo avanti con il quinto!»

Avanzò quest'altro, che sembrava molto calmo e determinato.

«Che devo fare, Suora-Sorella-Madre-Bìgia?», chiese.

«Se la smetti di prendermi per il culo, ti ordino di scegliere una *sessa* a caso e poi ti ci *sessi* sopra».

«Tutto qui? Una *sessa* qualunque?»

«Sì, però muovitiii!»

Il cretino in prova fece velocemente il giro di tutto il tavolo e tirò fuori una sedia.

«Scelgo questa, che mi sembra rassicurante», dichiarò sicuro.

Quando appoggiò le natiche, si schiantò violentemente con la schiena sul pavimento di marmo di Carrara, dando anche una nucata del tipo *noce di cocco vuota*.

Il Megapresidente-Suora saltò in piedi con un balzo, eccitatissimo.

«Eccolo, è il tipico caso umano di *noce di cocco vuota*! È lui! È lui il mio uomo! Niente di rotto, spero?», si premurò subito, guardandolo con sguardo ansioso.

Quello, da terra, controllò se l'orologio da polso funzionava ancora.

«Allora, tutto a posto?», insistette sempre più preoccupata la Suora.

«Sì, Suora-Sorella-Madre-Bìgia. Si sente il ticchettìo, però mi è caduta la lancetta delle ore... non si preoccupi, dopo la faccio mettere a posto».

«Magnifico!», disse l'altro levando le mani al cielo in segno di giubilo. «Come ti chiami?»

«Chi, io?»

«E chi, sennò? Tua sorella?»

«Mi scusi Suora-Sorella-Madre-Bìgia, ma io non ho sorelle, sono un cretino figlio unico di madre vedova. E mi creda, non era tanto furba nemmeno lei...»

«D'accordo, non c'è bisogno che mi snoccioli il tuo albero genealogico: lo si vede, quello che sei. Ma ti prego, dì il nome».

«Di chi?»

«Il tuo, cretino!»

«Ah! Il mio nome... dovrei quindi dire il mio nome... ma perché dovrei chiamare il mio nome? Non mi sembra logico: so di essere qui...»

«Questo è proprio fantastico! Davvero, non potevamo trovare di meglio! Ah, che cretino fantastico! Dimmi, caro, *co-me-ti-chia-mi*?»

«Aaah! Ho capito, lei vuol sapere come mi chiamo io… La sua, quindi, è una semplice curiosità».

La Suora vibrava di gioia, come un'arpa tibetana suonata in un tempio buddista.

«Diciamo che è così. Sì, sì, è proprio così!»

«Oh, capisco... mi chiamo... ma vuole proprio saperlo? Ecco... mi chiamo... Gabriella».

«Di nome!?»

«No, Gabriella è il cognome».

«Ah! E il tuo nome qual è, di grazia?»

«Gabriella».

«*Gabriella Gabriella*??? Ci siamo! È un segno! È lui, è il nostro uomo! Miei fidi, ora potete dare l'allarme totale! Devo comunicare ai miei sudditi la notizia dell'arrivo in città di Kluksmann».

Cominciò a saltellare e a fare capriole con triplo salto mortale carpiato per la sala, senza alcun ritegno.

«Otto Kluksmann, ti ho in pugno! Ti ho in pugno! Ti ho in pugnooo!», reiterò di gioia.

5
ADUNATA DI PIAZZA

Dare l'allarme totale non era cosa semplice, poiché richiedeva l'impegno di migliaia di persone, dentro e fuori dai confini di Megaditta.

Dapprima i nani trombettieri suonarono le loro trombe d'argento dalla cima delle otto torri della fortezza. A queste fecero eco quelle sulle montagne vicine e, infine, a suggellare il tutto suonarono a distesa le antichissime campane di bronzo dei campanili posti nei villaggi più lontani.

Il Megapresidente, ancora paludato nel suo puzzolente abito da Suora, reggeva tra le mani un enorme megafono d'alluminio lungo più di due metri, e con questo uscì dalla fortezza scortato dalle fide guardie armate, affacciandosi baldanzoso alle mura.

«Adunata, adunata generale! Tutta la sudditevole plebaglia subito in piazza d'armi!»

In 24 minuti e 10 secondi, cronometrati dall'addetto alle adunate, la piazza fu piena: dodicimila sudditi stavano a naso all'insu in direzione della Suora al megafono, che guardava all'ingiù.

Lo spettacolo della folla variopinta accalcata era suggestivo, il silenzio assoluto.

In quel mentre, però, la piccola persiana nera di una delle finestre sulle torri della fortezza cominciò a sollevarsi rumorosamente e comparve all'improvviso, quasi sospeso nell'aria, un megamegafono d'alluminio, sfacciatamente più lungo di quello che reggeva la Suora.

Era quello ultimo modello, con l'impugnatura in pelle di operaio manifatturiero imbalsamato.

Dietro al megafono, se ne stava un anonimo fattorino.

La piazza era disorientata.

Commenti e ipotesi si rincorsero, in un brusìo preoccupato, poiché la cosa lasciava presagire guai.

«Sono io, stronzonacci!», gridò ridendo e arringando la folla l'incauto molestatore. «Smettetela con questi atteggiamenti supini nei Suoi confronti. Non pensate sia il momento di chiedere Libertà, Fraternità e Uguaglianza? Guardatemi, come ho osato io potete osare anche voi. Ascoltatemi, fate come me, respirate finalmente l'aria della *consapevolezza!*»

A quell'ingiuriosa manifestazione di autonomia ci fu un ingiustificato e clamoroso applauso.

«Non è il momento!», intimò la Suora bloccando i festeggiamenti con un gesto autoritario della mano e parlando al suo megafono.

La piazza si era fatta di marmo.

Nella luce livida dell'alba, una giovane madre prese l'iniziativa: uccise il fantolino che stava allattando, sfracellandogli il cranio tenero contro il muro grigio del municipio, e poi succhiò con un avido mugolìo i resti del cervello.

Il fattorino guardò l'infanticida e poi la folla, e mormorò qualcosa sordamente senza imboccare il megafono, per non farsi sentire dalla Suora.

«Evitate questi atteggiamenti di sudditanza...», disse, «non servono, perché ce l'abbiamo tutti... il megafono... e il mio è anche più lungo del Suo», ma il megamegafono era acceso e la frase giunse alle orecchie della Suora.

Il silenzio che seguì era uno di quei silenzi che creano una magica aspettativa.

È in momenti come questi che si fa la Storia, quando un popolo respira un anelito di libertà e decide di cambiare il proprio destino. A Megaditta, però, non funzionava così.

Il fattorino capì che per lui si stava mettendo male, per cui mollò il megamegafono e scomparve di corsa all'interno della fortezza, cercando così di farla franca.

Intanto, però, dal fondo della piazza una vecchia cieca urlò *"nel culo alla Suora!"*, e scoppiò così un cataclisma di urla, applausi e balletti popolari improvvisati. Le massaie lituane, fuori dalle loro gabbie di bambù, suonavano ancora con la balalaika le allegre canzoni delle loro terra.

«Cu-lo! Cu-lo! Cu-lo!», ripeteva all'unìsono la folla.

«Lapidate quella cieca!», ordinò la Suora.

Fu un attimo: la vecchia fu lapidata con ferocia dalla massa scomposta.

Dopo la sua morte, i sudditi si ricomposero e tornò il silenzio. Nel frattempo, i nani giustizieri avevano catturato il fattorino che aveva avuto la pessima idea di ribellarsi: quel giorno i piraña banchettarono con gusto.

«Questo scampanìo e strombettìo da fine del mondo», spiegò il megafono della Suora, «è dovuto a una notizia che mi è arrivata or ora dai nostri nani spia dei Servizi segreti, che operano con bravura e sprezzo del pericolo ai confini con la Polonia: sta arrivando nella nostra città quella vipera di Otto Kluksmann!»

Detto questo, il Megapresidente buttò il megafono e la lurida e puzzolente tonaca da elisabettina in mezzo alla piazza. Sotto, spuntò lo splendido abito da Presidente, quello delle grandi occasioni.

La folla si avventò sull'abito da suora e sul megafono, e scoppiò una rissa violentissima mentre li facevano a pezzi, per trasformarli in reliquie.

Si aprì una seconda finestra su una delle grigie e alte pareti di Megaditta, e un sacerdote copto s'affacciò guardando verso l'alto.

«Come l'avete saputo?», domandò con tono dubitativo.

«Non è affar suo, padre. È un segreto dei Servizi segreti», tagliò corto il Megapresidente.

«Come l'avete saputo?», chiese una voce dalla folla.

«Non xe affaffar vo-vo-vostro. È... un segreto dei Servi nani segreti...», ribatté Lui paonazzo e tartagliante.

«Ma che cazzo dice?», chiese sempre la stessa voce dalla folla.

Il Presidente cominciò a respirare a fatica.

«Una nuit, mentres trisciavo lungooo le pareti degli Archivi sottoterranei, divorato dalla solita cronica ansia mortale, improvvisacionamente da una nicchia spuntò al mio cospetto un nano spia. L'omuncolo salì su un gradino di pietra e, dopo essersi gua-guardadato attorno con quella naturale circospezion che la xe solita degli spioni, mi ga detto che Otto Kluksmann vuole Megaditta!», enunciò in un biascicante furore linguistico.

«Ha il morbo di Alzheimer, cacciatelo!», gridò ora in coro la folla.

Il Megapresidente cominciò a vibrare violentemente, diventando ancor più rosso fuoco.

«Viarrr farrss... vrrria fassrr... vvvaar faasss... andate a far... in....»

Oramai, semantica e sintassi l'avevano abbandonato.

Nella luce di quell'alba tragica, la voce del Megapresidente si spense lentamente, poco a poco, come un fiammifero svedese.

Lui indietreggiò e scomparve nella fortezza, lasciando le fide guardie armate e i sudditi giù in piazza nel dubbio amletico.

Solo il sacerdote copto, ancora alla finestra, gongolante suggerì alla folla il da farsi.

«Che sia festa!», proclamò con un'autorità che nessuno aveva autorizzata.

6
FESTA DI PIAZZA CON REPRESSIONE

La folla venne pervasa da una strana sindrome di gioiosa e incontrollabile incoscienza, che durò tutto il giorno.

Per le strade di Megaditta si cominciò a cantare una vecchia canzone ucraina quasi dimenticata, composta molti anni prima da un grande violinista tzigano cieco, sordo e muto, che arrivò in città dopo aver abbandonato al suo paese moglie e figli, rinchiusi e torturati a morte nelle tremende prigioni di Bila Tserkva.

I sudditi si tenevano sotto braccio e ballavano gioiosamente saltellando la *Tziganella*.

«Tre passi avanti e due in drè, un saltello e altri trè, un saltello... stop!», si dicevano gli uni agli altri, con inusuale spirito cameratesco.

Finita la strofa se ne stavano tutti fermi per un attimo, quasi in trance, poi si sputavano negli occhi, si producevano in un saltello vezzoso, facevano due passi lenti avanti seguiti da un altro stop e poi rimanevano in un religioso silenzio d'attesa.

A questo punto, il più dotato del gruppo si esibiva in una scoreggia impressionante, che dava il là a una gioia irrefrenabile: a ogni boato anale, infatti, seguivano applausi scroscianti.

Alle 17.27 del pomeriggio, lo spettacolo era ormai diventato di una volgarità che non aveva uguali nella storia di Megaditta.

Dalle finestre del settimo piano, i direttori e i vicedirettori, una marea di colletti bianchi in trip da cocaina sorretti dalle immancabili prostitute, guardavano in basso, attraverso le finestre.

Quelli di sotto continuavano a festeggiare a suon di peti sonori, ignari di essere oggetto dell'invidia dei piani alti.

Durante l'ultima *Tziganella*, allo stop finale che preannunciava il fantasmagorico botto rimasero tutti delusi e a occhi bassi, perché lo scoreggiatore capo, in un silenzio imbarazzante, s'era distratto e invece di emettere aria si era tragicamente cagato addosso.

«Scusate, amici», sussurrò umiliato, «ieri sera a cena ho imprudentemente tracannato un'intera brocca di yogurt alla banana ghiacciato».

Del Megapresidente, intanto, nemmeno l'ombra.

Improvvisamente, alle 18 in punto, in tutto il territorio di Megaditta le radio autorizzate, e questa volta in via del tutto eccezionale anche *Radio Nanolibero* e *Radio Siam tutti fratelli, solo il Megapresidente è figlio unico*, esplosero contemporaneamente diffondendo il medesimo concitato messaggio.

«Avviso clamoroso! Avviso clamoroso! Ecco a voi la voce del nostro amato e mistico Megapresidente!»

Dopo che s'avvertì qualche strano rumore d'assestamento del segnale radio, il Capo parlò.

«Stronzonacci maledetti! Bagasce, madri snaturate, lavoratori di fatica, nani! Esseri inferiori tutti! Vi ribadisco che domani, alle ore 8.28 del mattino, arriverà in città quel lurido polacco, Otto Kluksmann. Lui è un mio grande nemico e quindi vi ordino che sia anche nemico vostro! Con i miei Consiglieri abbiamo escogitato una stragia... strattitegia... strattotolìa...»

Il Megapresidente radiofonico, a causa dell'agitazione, stava di nuovo perdendo il controllo.

«Qvesto sikuramente essere imbriako», disse tra sé un nano gobbo di origine tedesca vestito di lana cotta, come un gobbo svizzero.

Pensava a torto che nessuno l'avesse sentito, ma poco dopo, con raccapriccio, sentì l'onnisciente Megapresidente urlare dalla radio.

«Che il gobbo tedesco vestito da gobbo svizzero sia portato immediatamente alla macelleria centrale e infilato nel tritacarne. Voglio che ne facciate dei salsicciotti svizzero-tedeschi!»

L'ordine fu subito eseguito dai sei nani addetti alla macellazione.

«Comunque, ribadisco a voi servili che per strarterlegia... stratilìa... insomma, quella cosa lì, non manderò a Kluksmann il più dotato, il più furbo o il più intelligente di Megaditta... anche perché, diciamocelo francamente, dovrei andarci *Io.* È stato invece selezionato il più cretino dei cretini che la nostra amata città abbia mai avuto nella sua lunga storia! Lui sarà i miei occhi, lui sarà le mie orecchie! Il cretinaccio prescelto, colui che ci salverà, si chiama Gabriella Gabriella. Sì, capisco che il doppio nome vi può sembrare ridicolo, ma è tutta una straritigia... una strattocizia... insomma, sarà lui che domani mattina andrà a prendere Kluksmann alla stazione e lo renderà vittima delle sue cretinate!»

La folla, probabilmente alla parola *orecchie*, esplose in un urlo bestiale di gioia.

Nel frattempo, nella non troppo lontana macelleria generale, il gobbo tedesco vestito da gobbo svizzero era stato denudato e stava per essere salsicciato.

Un urlo straziante uscì dalla sua bocca quando il tritacarne cominciò a salsicciargli i piedi. Gettò un'ultimo sguardo alle sue appendici e si vide gli alluci triturati.

«*Mein Gott!* Che quell'inbriako sia maledetten!», furono le sue ultime parole, mentre i nani da macelleria insaccavano la nanopasta di salame usando le sue stesse budella.

Nella piazza, intanto, i popolani continuavano a dare dimostrazioni di gioia a comando.

«Qui si salta il saltarello, salta salta e si risalta...», cantavano ubriachi di felicità.

La radio lanciò nell'aria un ululato in perfetto stile sirena dei pompieri.

Alcune vacche da latte, che si trovavano in piazza, al suono della sirena avevano dato di matto, travolgendo il loro nano allevatore.

«Bastaaa!! Merde umane! Non è il momento di salterellare! Ora è il momento di piangere!»

A quelle parole la folla della piazza e gli invalidi rimasti nelle case, gli alpini nei circoli ricreativi, le cuoche indiane nelle cucine, i bambini nelle mense scolastiche e i becchini nei cimiteri si bloccarono in un silenzio totale.

«Bravi, miei sudditi acefali! Pronti? Tre, due, uno... ora! Cominciate a piangere!», ordinò il Megapresidente radiofonico.

E allora tutti, quelli all'aperto e quelli al chiuso, in ognuno dei sette piani di Megaditta, dalle strade più povere non asfaltate fino ai corridoi della città le cui finestre si affacciavano sull'anello di nuvole, si misero a piangere disperatamente.

«Ahi me! Ahi me! Qui speranza più non c'è», cantilenavano in lacrime scrollando le spalle.

«Ahi ma! Ahi ma...», disse un altro piagnucoloso fuori dal coro.

«Chi è che ha detto... ahi *ma*? Chi si permette di opporsi? Chi osa pensare *diversamente*?», domandò urlando l'onnipresente orecchio del Megapresidente dalla radio.

Quello che seguì fu un innaturale silenzio carico di tensione e di terrore.

Partì immediatamente una squadra di otto nani albini da repressione per l'uso improprio delle congiunzioni avversative. Erano vestiti di leggero cuojo nero e lavoravano per conto dell'*Ufficio Ricerca Dissidenti.*

Li accompagnavano quattro cani da battaglia, del tipo mastino napoletano affamato.

«Vieni fuori, maledetto! Vieni fuori! Abbi il coraggio delle tue azioni!», urlarono inferociti i nani rivolti all'uomo che aveva osato tanto.

Quel che seguì durò in tutto solo 4 minuti.

Si scoprì ben presto che a parlare era stato un fornaio che stava impastando il pane azzimo.

I nani da repressione sfondarono a calci la porta di legno del forno di Shabatz.

Il disgraziato non riuscì nemmeno ad alzare le mani in segno di resa, perché erano impastate.

Lo denudarono, lo impastarono completamente e lo infilarono nel forno, mentre i mastini napoletani gli leccavano i piedi rimasti fuori.

«Confessa, perché invece che *"ahi me",* hai detto *"ahi ma"*?»

Shabatz aveva la testa già in fondo al forno e respirava a fatica, per cui riuscì solo a fare uscire qualche breve parola dal naso.

«Mah! Ho avuto qualche dubbio».

Passarono 4 minuti di cottura.

La pasta del pane si faceva croccante attorno all'uomo infornato, mentre nell'aria si stava propagando un appetitoso profumo di focaccia.

«Estraetelo!», urlò il Megaradiofonico.

«Emittenza, è ancora crudo!», s'azzardò a dire uno della squadra di cuojo nero, una recluta inesperta appena entrata in servizio.

«Chi mi contraddice ancora?», chiese fremente l'Emittenza radiofonica. «Infornate anche lui!»

«Veramente volevo solo dare un co... co... consiglio...», balbettò il disgraziato.

Dopo 20 minuti i *sette nani* da repressione estrassero due focacce di un formato completamente nuovo.

Una era avvolta da una strana pellicola nera... simile al cuojo.

«Che ne facciamo, nostra Emittenza radio?», domandarono quelli della squadra.

«Che siano dati in pasto ai vostri cani! Chi altri volete che si mangi quei due... Biancaneve, forse?»

I sette nani si caricarono in spalla le focacce antropomorfe e le portarono in mezzo alla piazza, vicino alla grande fontana.

Poi, incitarono i cani.

La folla rimase in silenzio, osservando con le bave alla bocca.

«Mangia, mangia, questo è buono», incalzavano le loro bestie i sette nani albini.

Ma i quattro mastini da battaglia, con molta lentezza, si limitarono semplicemente ad annusare i grandi panini fumanti.

Quando uno di loro alzò la gamba e vi pisciò sopra, gli altri tre s'allontanarono schifati.

A tutti parve un segnale.

Fu solo allora, infatti, che si mosse la folla urlante e affamata: donne, bambini, vecchi, madri allattanti, vicari episcopali, stagnini, veterinari e geometri furono in un quarto di secondo ai piedi della fontana, accerchiando i panini imbottiti.

Alla fine, non rimase altro che un tappeto di briciole e di sangue rappreso.

Dopo il pasto, la folla sazia si disperse.

Restò solo, seduto per terra, un frate domenicano ufficialmente vegetariano, che masticava furtivamente l'orecchio destro croccante del fornaio Shabatz.

7

ARRIVA IL NEMICO

Il mattino dopo, alle 5.40, la stazione Centrale di Megaditta era ancora chiusa. Fuori dalle grandi cancellate una quarantina di barboni dormivano dentro i cartoni. Durante la notte alcuni monelli di buona famiglia, figli dei dirigenti del settimo piano, dopo averli cosparsi di benzina ne avevano bruciati vivi quattro.

Gabriella Gabriella, con quell'enorme anticipo sugli appuntamenti che si prendono soltanto i cretini, era già alla stazione.

Si era vestito in modo impeccabile, tirando fuori dalla naftalina l'amato abito scuro della sua prima Comunione.

Seduto su una panchina in legno, in nervosa attesa, s'era assopito scivolando senza accorgersene in una pozzanghera, ma nel sentire un urlo lacerante balzò subito in piedi.

«Eccolo! Eccolo, è il mio treno! Il mio uomo sta arrivando!», si disse saltellando emozionato.

«Signor Gabriella, non è il treno, è il quinto barbone che va a fuoco», gli spiegarono con gentilezza i monelli di buona famiglia, mostrandogli la tannica di benzina vuota.

«Ah, capisco, m'ero confuso. Ragazzi, mi raccomando, però, cercate sempre di studiare e, soprattutto, siate buoni tra di voi e con i vostri genitori», suggerì, mentre il barbone rantolava moribondo sputando sangue bollente.

Così dicendo, Gabriella non trovò di meglio da fare che riaddormentarsi. Ma si svegliò dopo pochi minuti, di colpo: il gruppo di monelli, con grande meticolosità, stava iniziando a cospargerlo di benzina partendo dalle lucidissime scarpe di vernice della prima Comunione.

«Via, via, ragazzi miei! Smettetela con queste biricchinate. Non vi siete divertiti abbastanza? Andate a scuola, che così diventate intelligenti e sarete un modello per Megaditta», disse loro tentando di asciugarsi le scarpe.

In quel momento si sentì il fischio acutissimo del treno Freccia rossa che entrava in stazione.

Gabriella guardò l'orologio da polso e vide con orrore che gli mancava la lancetta delle ore, persa nella sala del Consiglio: preso dall'importanza di quel momento, si era dimenticato di cercarla sul pavimento!

Alzò preoccupato gli occhi verso l'orologio della sala d'attesa: indicava le 8. 28.

Balzò in piedi e si bloccò spaventato.

Di fronte a lui c'era un signore con cappotto e guanti di pelle scura, bastone con punta d'acciaio acuminata, lobbia nera e sguardo feroce.

«Sono Kluksmann!», disse semplicemente.

La sua faccia era indescrivibile: sembrava quella di un gorilla di montagna, con enormi occhi sporgenti da rana toro, mentre dalle labbra fuoriusciva a intermittenza una lunga lingua biforcuta da iguana.

La lingua di Gabriella Gabriella, invece, pareva una ciabatta turca attaccata al palato e gli impediva di proferire parola.

«Parlo io per lei», sibilò il gorilla di montagna. «Lei ha la lingua cartonata e puzza di benzina. Vedo che non può parlare e, anche se potesse farlo, probabilmente non saprebbe cosa dire. Lei è di certo Gabriella, quello che mi era stato preannunciato. Mi porti dunque a destinazione. Dov'è la macchina? Ah già, lei si è ovviamente dimenticato di prenotarla. Venga, mansueto e cretino relitto umano, per fortuna c'è la mia Fiat Polski 132P, nuova fiammante, che ho fatto caricare sul treno».

Arrivò una macchina nera lucidissima, accessoriata in argento massiccio e lunga più di 6 metri.

L'autista che la guidava era vestito di grigio e aveva guanti, gambali e berretto con visiera neri.

Aprì con deferenza la portiera al suo padrone, e il gorilla entrò sedendosi dietro.

Gabriella guardava la scena ammutolito.

«Sali, cretino, e siediti qua», disse Kluksmann invitandolo dentro anche con un gesto della mano.

«Dove?», articolò con fatica Gabriella.

«Qui, a cuccia sul pavimento, ai miei piedi!»

Partirono.

«Che puzza di benzina!», disse il polacco con una smorfia schifata. «Per caso hai dei fiammiferi con te? Sai, pensando alla tua cretinaggine e all'inutilità della tua vita, credo che alla fine della corsa ti darò fuoco».

«La ringrazio molto, Eccellenza», biascicò Gabriella.

«Figurati, sarà un piacere. A proposito, fra quanti minuti inizierà il Consiglio dei Dieci Assenti?»

«Quando vuole lei, Eccellenza»

«Senti, o mi dici l'ora esatta, o ti do fuoco ora. A proposito, che ore sono?»

«Chi?»

«Dimmi l'ora o ti enucleo con un cucchiaino d'argento i bulbi oculari, ci spruzzo del limone, un po' di tabasco e me li succhio avidamente con un grugnito di piacere».

«Ecco, vede, dottor Vipera...», balbettò guardando con terrore l'inutile orologio senza la lancetta.

Lo fissò tremando.

«Dunque sono... cioè no... dovrebbero essere circa... dalle 2 alle 4 di domani, ma non ne sono sicuro... quindi speriamo... ecco...»

Kluksmann parlò con la sua inconfondibile sibilante voce da vipera di diamante.

«Autista! Cucchiaio d'argento d'ordinanza, limone biologico non trattato, tabasco ultrapiccante e grosso fiammifero svedese, già acceso!»

«Glielo dico, glielo dico, abbia pietà...», lo pregò inginocchiato ai suoi piedi Gabriella.

Kluksmann miagolò per il godimento alla vista del terrore negli occhi del cretino.

«Senti, Gabriella, mi facci vedere il tuo orologino?»

«Quale, Eccellenza Vipera polacca? Questo mio... piccolo... senza... ma no, non è il caso...»

«Mostramelo!», sibilò.

Gabriella allora nascose il braccio sinistro dietro la schiena.

«Abbia pietà, mio signore. Non ho più l'orologio, perché ho perso il braccio sinistro salendo in macchina», disse cercando di depistare il Gorilla con questa super cretinata.

«Queste palle valle a raccontare a quel gran pezzo di merda del tuo Megapresidente, che per altro è anche un grosso imbecille».

«Non lo sapevo, Eccellenza...», rispose lui con flebile voce squittente da topo succube, «le sono molto grato per avermi fatto condividere con lei la notizia...»

«Adesso sai cosa facciamo? Non appena raggiungiamo un gruppo di case faccio fermare la macchina. Tu scendi, respiri profondamente e, con quanto fiato hai in gola, urli: *"Sono Gabriella, e il Presidente di Megaditta è un enorme pezzo di merda!",* Comunque, guarda qua», disse tirando fuori dal taschino del panciotto argentato un grosso orologio d'oro, «è fatto a Berna, Svizzera tedesca. Qui ci sono tutte le ore del pianeta e ha anche l'ora della tua morte e quella della distruzione di Megaditta... se non potrà essere mia!»

Terminò la frase minacciosa con una risata sguaiata.
«Santità, lei è veramente un uomo buono», sussurrò servilmente Gabriella.
«Autista, ferma la macchina!», ordinò il Gorilla con gli occhi da rana, «mi pare di aver visto un gruppo di case che fa al caso nostro».
L'autista inchiodò in una piazzetta con molti bar e tavolini all'aperto, schivando per un pelo degli anziani pensionati che giocavano a tressette e dodici mamme, mogli modello di impiegati del quinto piano, che stavano spingendo il figlio in carrozzina, anche lui futuro impiegato del quinto piano in Megaditta.
Un centinaio di galline livornesi del pollaio del Megapresidente, che a quell'ora scorazzavano libere, si salvarono deponendo per la paura cento uova sulla piazzetta.
A quel parapiglia, dalle finestre delle case intorno sbucarono le teste dei sudditi curiosi, e alcuni gendarmi con una muta di cani da battaglia arrivarono di corsa da una via laterale.
«Scendi», ringhiò Kluksmann, «e dì ad alta voce quello che ti ho ordinato».
«Eccellenza, mi viene da vomitare...», furono le uniche parole che riuscì a pronunciare il Cretino.
«Scendi o ti enucleo!»
Lui scese, camminando a fatica, con la testa che gli girava e che gli pareva sempre più pesante.
Uno dei finestrini antiproiettile e antisommossa della Fiat Polski s'abbassò lentamente e il gorilla con gli occhi a palla urlò.
«Dì all'istante quello che pensi!»
Gli astanti in piazza sembravano essere diventati di marmo.
I vecchi giocatori di tressette rimasero con le carte sospese in aria, le madri smisero di spingere le carrozzine e le galline di covare le uova.

Alle finestre tutti stavano fermi a guardare.

Solo i gendarmi si consultavano con gli occhi, trattenendo a stento i cani da battaglia pronti a balzare.

Gabriella arrivò vacillando al centro della piazza e, dopo aver fatto un respiro profondo e un piccolo inchino, iniziò a parlare.

«Signori giocatori di carte, signori bambini, signori cani... signori in genere... no... ho sbagliato... ricomincio da capo: signore e signori...»

Gabriella dubbioso si voltò verso la macchina.

«Kluksmann eminentissimo, che cosa mi consiglia? Metto prima i cani e poi le madri, oppure...»

Dalla macchina gli arrivò un ululato tipo lupo mannaro inferocito.

«Alloraaa? La vogliamo dire, 'sta cosa?»

Il Cretino si vomitò sulla spalla destra un po' di bava mista a sangue e a zucchero filato.

«Ingegnere, abbia pietà, ho avuto un'infanzia tormentata. Mia mamma beveva, mio padre frequentava prostitute e transessuali, mio fratello *era* un transessuale, la mia cuginetta è nata con due teste, mio cugino Oscar era un prepotente e tutte le volte che...»

S'udì uscire dalla macchina un barrito.

«Ora scendo dalla macchina con una mannaia tascabile e comincio ad amputarti le mani, poi ti strappo la lingua e la butto nel bagagliaio, per farla imbalsamare come ricordo dal mio tassodermista di fiducia. Prevedo un mare di sangue».

Gabriella s'inginocchiò sulla piazza, piangendo come un vitello al macello.

«La prego Eccellenza, sia buono, abbia pietà di me, non lo faccia...»

A quel punto l'autista in livrea scese e dall'auto si palesò Kluksmann.

«Vengo ad amputarla, Cretino».

Gabriella Gabriella decise che era arrivato il momento di perdere i sensi.

I sudditi tutti, i gendarmi e le galline del Megapresidente, che speravano di assistere all'amputazione del Cretino, rimasero delusi.

Mentre i cani abbaiavano come ossessi, non restò loro che osservare l'autista caricare di peso l'omino in tenuta da prima Comunione in macchina.

«Svegliati, rammollito!», echeggiò una voce polacca.

Gabriella si svegliò, annaspando sul pavimento dell'auto. Respirava a fatica, perché Kluksmann gli appoggiava le scarpe lucidissime sul torace.

«Mi scusi, Eccellenza, se per un attimo ho avuto un mancamento».

«Un attimo?! È due ore che giriamo a vanvera per questa cazzo di Megaditta. Pensa, io e l'autista eravamo certi che tu fossi morto, e stavamo appunto cercando una discarica abusiva per sbarazzarci del tuo inutile cadavere. Per colpa tua sarò certamente in ritardo per incontrare il Consiglio Segreto dei Dieci Assenti».

In quel momento trillò il telefonino nella tasca interna della giacca di Gabriella.

«Non fare finta di non sentire. Non fare il furbo, non ti si addice. Rispondi subito».

«Pro... pronto?», rispose Gabriella, con l'usuale sua voce da succube topo servile. «No, Eccellenza Megapresidente... io non sono io, provi a chiamare un altro...»

Il polacco gli strappò il telefono di mano.

«Sono Otto Kluksmann! Ah, è lei! Buongiorno *carissimo*, che piacere sentirla! Quando ci vediamo? Ah, il Consiglio è rinviato a dopodomani... non si preoccupi, lei ha avuto la squisitezza di affidarmi a un uomo davvero straordinario. Questo Gabriella Gabriella è veramente uno spasso! Ne approfitterò per visitare la vostra magnifica città. A dopodomani, allora!»

Così detto, buttò il telefono dal finestrino e guardò minacciosamente il Cretino.

«Hai sentito, Gabriella? Qual è il programma?»

«Quale programma?»

«Stai a sentire, adesso basta! Fai il cretino perché la cosa ti fa comodo, ma penso che tu sia solo furbo. Hai capito benissimo e sono certo che riuscirai a organizzarmi questa giornata di libertà in maniera razionale, intelligente e divertente. Su, coraggio, stupiscimi».

Gabriella rimase spiazzato.

Era la prima volta che doveva prendere delle decisioni autonome, anche se i Dieci Consiglieri e il Megapresidente gli avevano suggerito le tappe dell'itinerario, alla fine delle quali si sperava di trasformare l'ignaro Kluksmann in una 'vittima delle circostanze'. Era il momento di mettere in pratica ciò per cui l'aveva catechizzato il Megapresidente.

La vittima gorillesca, senza nulla sospettare, lo stava guardando sorridente.

«Perché ride, Dottore?»

Questa volta Otto Kluksmann, tenendo a freno la lingua biforcuta, usò una voce quasi umana.

«Perché conosco perfettamente il pantano nel quale stai affondando: hai timore di sbagliare e non sai in che direzione andare. Diciamo la verità: sei nella merda. Però, coraggio, cominciamo il giro turistico della città!»

Gabriella fece tre respiri profondi.

«Anche se potrebbe essere per lei un po' presto per pranzare, che ne dice di provare *Morirdifame*, il nostro rinomato e prestigioso ristorante macrobiotico?», chiese d'impeto trattenendo il respiro.

«Macro che? Non so cosa nemmeno cosa voglia dire. Gabriella, spiegamelo in due parole».

«Neppure io lo so, Eccellenza. Mi scusi... mi è stato ordinato di... cioè, volevo dire... ho pensato che... mi creda, non era quasi la mia voce...»

«Noo, invece! Bravissimo. È stato un atto di coraggio. Andiamo, tentiamo quest'avventura culinaria. Dove si trova?»

«Chi?»

«Gabriella, ricominciamo? Chiedi, telefona...»

«Ma non ho più il mio telefonino, lei me lo ha buttato...»

«Ecco, prendi il mio».

«Davvero posso? Lei è troppo gentile. Pronto, ufficio informazioni? Mi dia per cortesia l'indirizzo e il numero telefonico del ristorante macrobiotico *Morirdifame*... Sì, grazie, ho scritto», e buttò il telefono dal finestrino.

Kluksmann applaudì entusiasta.

«Fantastico, ragazzo mio! Fantasticooo! Stai finalmente cominciando a capire qualcosa di molto importante per la tua vita».

«Sì, ma adesso come faccio a prenotare? Sono un cretinaccio!»

«Gabriella, secondo te io ho un solo telefonino? Sai quanti ne ho? Indovina, ti aiuto: due? sei? dieci?»

«Dodici!»

«Esatto!»

«A che le servono, Eccellenza di diamante?»

«Sono pressoché inutili, ma sono uno dei simboli di potere del nostro secolo. Anzi, se li trovo, te ne do due da buttare dal finestrino», disse la vipera di diamante. «Alzati da terra, Gabriella, siediti qui vicino a me».

Lui gli si sedette accanto, e non mancò di baciargli per rispetto e riconoscenza la mano guantata.

«Non lo fare mai più, hai capito?», ruggì quasi benevolmente l'altro. «Mai più, ti dico! Soprattutto con i tuoi superiori».

Gabriella Gabriella, in qualità di primo tra i cretini di Megaditta, si adattò subito alla nuova situazione, senza porsi alcuna domanda.

8
AL RISTORANTE MACROBIOTICO

A mezzogiorno in punto erano di fronte alla grande porta a vetri girevole posta sotto la scritta *Morirdi-fame – ristorante macrobiotico.*

«Vai avanti tu», lo esortò Kluksmann.

Gabriella entrò con circospezione nel locale affrontando la porta girevole.

Lo fece però così lentamente che Kluksmann, entrando con l'abituale violenza da rinoceronte, lo urtò superandolo senza accorgersene, e si trovò solo in mezzo a una sala quasi vuota.

«Dov'è il signore che era con me e che mi ha preceduto?», muggì.

Gli venne prontamente incontro un maître in frac, dagli odiosi modi affettati.

«Penso sia alle sue spalle, signore», gli indicò.

Il rinoceronte si voltò e vide Gabriella ancora sdraiato a terra, scaraventato in strada dalla porta girevole del ristorante. Con una mano gli fece il gesto di entrare, e lui lo fece prudentemente passando da una porta laterale, del tipo tradizionale e non girevole.

«Ma che è successo, Gabriella?»

«Dottore, non sono pratico, è la prima volta che ho a che fare con una porta di questo tipo...»

Si avvicinò il maître, guardando Gabriella con gran disprezzo.

«Dica? Serve qualcosa, adesso che siete entrati?», chiese loro.

Kluksmann s'avventò su di lui, prendendolo per la gola e sbraitando.

«Senti, cameriere di merda, tu adesso con tono rispettoso e con un leggero inchino ti rivolgi a questo signore e dici: *"Signore buongiorno, benvenuto nel nostro ristorante. Venga che l'accompagno al nostro tavolo migliore"*».

«Venga che l'accompagno al tavolo», disse impaurito il maître con voce tremante.

«Al nostro tavolo *migliore*!», urlò il gorilla di montagna.

«Certo, al tavolo migliore... mi sembrava d'averlo detto...», ribatté il maître, bianco come un cencio.

«Cameriere, non mi prenda per il culo!», intervenne Gabriella. «Lei non l'ha detto che ci porterà al tavolo migliore! Ma così deve essere, perché questo signore polacco che ho l'onore d'accompagnare è uno degli uomini più potenti d'Europa. Si dia quindi una regolata, o con la mia mannaia tascabile le amputo le mani, poi le strappo la lingua e la porto al mio tassodermista...»

Quello cadde sulle ginocchia.

«Non esagerare», gli bisbigliò Kluksmann. «È già terrorizzato. Ma mi fa piacere, comunque, che tu mi prenda a modello».

Poi, rivolto al maître, parlò con inusuale voce flautata.

«Su, su, si alzi, il mio collaboratore stava solo scherzando», e lo tirò su con forza prendendolo per il bavero della giacca.

Intanto, nella sala del Consiglio dei Dieci Consiglieri Segreti Assenti, il Megapresidente, colto da delirio mistico, si era vestito per l'occasione da cardinale. Sotto il galero rosso porpora ridacchiava perfidamente con la mano davanti alla bocca.

I succubi fattorini, ovviamente, erano stati costretti a vestire a loro volta il porporato dei cardinali.

I Consiglieri quasi al completo guardavano il Cardinale in religioso silenzio. Mancavano però i consiglieri riciclatori di denaro sporco in abiti femminili, in lutto a causa delle fresca dipartita delle loro mogli SS.

«Scusate se rido, miei consiglieri assenti ma presenti, ma sono al corrente di come stanno andando le cose con il nostro cretino Gabriella. Posso raccontarvi praticamente in tempo reale cosa sta succedendo ora. L'Eletto, come speravo, ha portato il perfido Kluksmann al ristorante macrobiotico. Lì, fortunatamente, c'è un maître che è al mio servizio da molti anni. È odioso e sprezzante, quindi assolutamente affidabile! Ovviamente il cretino non è pratico di porte girevoli, quindi Kluksmann sarà sicuramente stato scaraventato in mezzo alla strada. Se non muore per un trauma cranico...»

«E de segur un camiòn de passage c'è passat sura...», lo interruppe profetico il consigliere di Lugano.

Tutti risero con entusiasmo e applaudirono.

Un fattorino cardinale, però, rimase muto in un angolo. Sembrava assente.

Questa sua mancanza di partecipazione al giubilo consigliare non piacque affatto al Cardinale.

«Tu, meschino, perché non applaudi?», chiese incuriosito con voce falsamente paterna.

«Non lo so... ero per un attimo... distratto», rispose.

«Questi abiti mi consentono di essere magnanimo! Decidi: minestra o finestra?»

«Minestra, minestra!», disse il cardinalino distratto e molto affannato.

«Dov'è la minestra?», domandò con voce da rettile il Cardinale.

«Nu ghè la minestra», disse quello di Lugano, che *puntualmente* non si faceva mai gli affari suoi.

«Esatto! Non ci resta che...», suggerì il Cardinale, accompagnando la frase con la testa inclinata verso la finestra.

Due fattorini s'avventarono sul colpevole.

Il corpo del disgraziato rimbalzò più volte sulle pareti di granito grigio della fortezza e il suo sangue si mescolò al porpora del vestito da cardinale.

Durante la rovinosa discesa, emise il suo ultimo urlo disperato.

«Perché non me lo avete detto prima, mi sarei portato da casa un barattolo di *minestra in scatolaaa!!*»

Poi, più nulla.

Alle 14.00 in punto, dalla porta girevole del ristorante *Morirdifame*, per effetto della forza gorillesca applicata alla porta da Kluksmann, uscì come un proiettile il maître e andò a planare in mezzo alla strada.

Non vi rimase molto.

Gli passò subito sopra, guidato da un autista rumeno assoldato all'uopo da uno dei consiglieri, il TIR destinato al polacco.

«Prego signori, vi faccio strada...», disse da terra il povero spione esalando il suo ultimo respiro.

«E adesso, che si fa?», domandò Kluksmann a Gabriella, calpestando con indifferenza il corpo martoriato del maître.

«Adesso... be', direi che sarebbe il caso di mandar giù i piatti ying e yang con dei vini pregiati all'enoteca *Bacco in spirito* di Megaditta», suggerì con falsa indifferenza Gabriella, attenendosi al programma di eliminazione stilatogli diligentemente dal segretario del Megapresidente.

Salirono quindi sulla Polski 132P e, dopo una ventina di minuti di giri a vuoto, dovuti al Cretino che non ricordava la strada, l'auto fermò finalmente i suoi sei metri di fronte all'enoteca.

In quel momento, dalle sontuose porte a vetri uscirono sei dirigenti alcoolizzati del settimo piano di Megaditta, in stato di semi coma etilico. Ridevano e barcollavano sorreggendosi l'un l'altro.

«Ne piase el vìn! Ciribiribìn... ne piase el vìn...», cantavano sguaiatamente.

Quando si trascinarono in mezzo alla strada, arrivò a 200 chilometri all'ora la Ferrari azzurra di Casimiro Santamaria jr, il figlio viziato e nullafacente del direttore dell'enoteca, nonché nipote del Megapresidente.

Quindi, intoccabile sotto ogni punto di vista.

Almeno sino a quel momento...

Fu un massacro.

La Ferrari frenò sui direttori facendone polpette al vino e andò a sfasciarsi contro un portone di legno con sopra la scritta *Carrozzeria da Italo*.

Italo, il carrozziere, era dentro e, stropicciandosi le mani, gongolò al pensiero del lauto guadagno di quello che gli apparve subito come l'affare della sua vita.

«Devo prima occultare i resti di Casimiro... penso che lo farò mangiare dai maiali del porcile del Megapresidente... tanto, la salma è suo nipote e i porci non si offenderanno, e poi restituisco la macchina come nuova al padre... gli dirò che l'ho vinta giocando una partita di tressette con il figlio, che di certo lui non si metterà a cercare dato che va' a dire a destra e sinistra che non vede l'ora che si tolga di torno».

Mentre la polizia megapresidenziale e gli stradini raccoglievano i pezzi, contando i femori si accorsero che ne mancavano due: uno dei sei dirigenti alcoolizzati era infatti rimasto miracolosamente incolume.

«Mi son fortunà, perché a mi me piase el vìn, ciribiribìn come son birichìn...», sentirono cantare.

Era il dirigente che se la rideva, trotterellando in mezzo alla strada.

Un rullo compressore passò in quel momento a grande velocità, lasciando sull'asfalto un'impronta del *cantante* di quasi 18 metri.

«Vieni, Gabriella», disse Kluksmann, «entriamo, questi incidenti sono solo sciocchezze. Ricorda che se vuoi riuscire nella vita devi essere cinico, insensibile e, se ce la fai, anche cattivo».

L'allievo lo seguì trotterellando.

Mentre entravano, furono bloccati sulla porta da Casimiro Santamaria, il direttore dell'enoteca, ancora ignaro di essere in lutto.

«No, no, no! Mi dispiace, ma gli alcoolisti non li facciamo entrare. Quindi...»

«Quindi che cosa?», ruggì Kluksmann.

«Quindi... ecco, volevo solo dire...», balbettò il direttore leggermente intimorito.

«Che cosa voleva dire, signor direttore?»

Questi, che non sapeva ancora d'aver perso il figlio, non rispose, intimorito e spaventato.

«L'aiuto io? Lei voleva insinuare che io e il mio amico siamo due indesiderati alcoolisti. Grosso errore, mio caro. Adesso lei», e così dicendo lo prese violentemente per il naso, strizzandoglielo, «ci chiede gentilmente scusa e ci dice: *"Sono davvero felice della vostra visita, signori, perché si capisce che voi siete dei grandi intenditori di vini"*. Mi raccomando, portandoci al banco ci dica anche: *"Voi siete sicuramente produttori di vini superiori a quelli che io vi posso offrire!"* e deve sottolineare *"offrire"*, perché naturalmente noi oggi siamo suoi ospiti».

Dicendo così, mollò la presa e quello cadde con la faccia nella segatura sul pavimento, messa lì per asciugare il vomito di uno dei sei dirigenti defunti.

Gabriella lo rialzò prendendolo per il bavero.

«Amico, ti conviene seguire i consigli di quest'uomo potentissimo», gli consigliò, «portandoci subito il vino più caro e pregiato che hai in cantina».

Il gorilla polacco cattivo e il suo discepolo cretino che lo scimmiottava sedettero sugli alti sgabelli al banco, aspettando d'essere serviti.

Alle loro spalle, dopo pochi minuti, sentirono un tintinnìo di bicchieri ballon. Si voltarono e videro l'intimorito direttore avanzare lentamente con un vassoio d'argento con dei calici in cristallo e due bottiglie di rosso pregiato.

Tremava ancora per l'aggressione.

A due metri da loro scivolò e lasciò cadere a terra bicchieri e bottiglie.

«Scusate...», balbettò, «sono davvero una merda».

«È la prima volta che le viene questo sospetto?», chiese ironicamente Kluksmann. «La tranquillizzo. Lei non è una merda, ma una *grandissima* merda».

I camerieri con i grembiuli neri applaudirono freneticamente all'epifanica rivelazione.

Due di loro fecero di più: uscirono dalla tenda dietro al banco.

«Bene! Bravo! Esatto! Bis!», dissero liberandosi da anni di sopportazione.

Gabriella si lasciò prendere dall'euforia dei camerieri e balzò in piedi sul banco.

«Silenzio!», gridò. «È ora che lo sappiate tutti: il vostro direttore è veramente uno stronzo! Per questo motivo vi do il permesso di bere a canna quanto volete… praticamente tutti i vini più pregiati che volete. Uno, due, tre, cominciate... ora!»

Partì una sarabanda, un carnevale indiavolato.

Con dei coltellacci da cucina decapitarono le bottiglie e alcuni dei camerieri, a ricordo di quel momento indimenticabile, si procurarono profondi squarci sulla fronte e sulle guance, mentre il capo sommelièr approfittò del gaudio generale per suicidarsi in allegria, dato che odiava la tristezza che accompagna ogni morte. Si gettò quindi con la violenza di un kamikaze contro una vetrata, che gli squarciò il cuore.

«Chissenefrega! Era un depresso», dissero i suoi colleghi ridendo.

Seduto a un tavolino, da solo, nero in volto come la divisa che portava, il direttore piangeva silenziosamente.

Improvvisamente, si alzò e, con l'ultimo barlume di dignità rimastogli, si rivolse inferocito ai dipendenti del locale.

«Vigliacchi», urlò, «avete rivelato la vostra vera natura. Basta, venderò questa enoteca alle suore evaristiane di Putzu idu, che so apprezzare il vino!»

Corse fuori ma, mentre attraversava la strada, venne centrato in pieno dal rullo compressore di ritorno che compattava l'asfalto fresco.

Questa volta disegnò una striscia nera di 21 metri.

Dai vetri delle finestre dell'enoteca i camerieri ubriachi – e ora ufficialmente senza lavoro – osservarono in un irreale silenzio quel che restava del loro direttore.

Incapaci di assumere un comportamento consono, decisero di far finta di nulla e ritornarono a ballare il valzer sui tavoli e sul bancone, al suono del *Sul bel Danubio blu* di Strauss.

Gabriella e il gorilla polacco uscirono lentamente dal locale, tra applausi e urla forsennate.

«Vedi Gabriella, cosa ti avevo detto?», affermò Kluksmann, «questi incidenti sono solo sciocchezze. Ricorda che, se vuoi riuscire nella vita, devi essere cinico, insensibile e, se credi, anche cattivo».

«Magnifici! Siete persone straordinarie», gridavano intanto, applaudendo, i camerieri in grembiule nero.

Erano già in strada ma gli applausi li costrinsero a rientrare, come fanno gli attori in teatro per ringraziare. Poi uscirono e, ancora coperti di applausi, rientrarono e s'inchinarono, come due attori navigati.

«Ora basta, però, se no diventa una farsa», disse Gabriella.

«Come vuoi», lo assecondò un po' rassegnato Kluksmann. «Perdona la mia vanità... ma posso rientrare ancora una volta *da solo*?»

«Ma certo, dottore! Rientri, rientri».

«Ti ringrazio», disse sorridendo il gorilla, con gli occhi di rana toro inumiditi dalla commozione.

Fece tre respiri profondi e rientrò a godersi i meritati applausi.

Da fuori, Gabriella non sentì però nessuna ovazione. Dopo alcuni fischi di disapprovazione, un paio di camerieri, ancora in piedi sui tavoli, cominciarono a protestare.

«Non vogliamo il vecchiaccio, vogliamo quell'altro! Solo lui!»

Otto Kluksmann uscì a testa bassa e con la coda tra le gambe.

Gabriella gli diede un colpetto di conforto con la mano, sulla spalla massiccia.

«Coraggio», gli disse, «fatti coraggio».

Otto il polacco alzò di scatto la testa e guardò dritto negli occhi il Cretino.

«Ma... ho sentito bene? Mi hai dato del *tu*?»

«No! Mi scusi dottore, non le volevo mancare di rispetto, ma mi è venuto... quasi naturale. Sa, per via dell'affetto che comincio a nutrire per lei».

«Vedo che impari presto. Non so se sono io uno straordinario maestro o tu non sia poi quel gran cretino...», disse incuriosito Kluksmann.

Salirono in macchina e, mentre s'allontanavano, i camerieri uscirono *tutti* dal locale.

«Tornate, ci portate fortuna!», urlavano sbracciandosi in strada.

Da una strada laterale dov'era appostato, sbucò violentissimo il rullo compressore e li stese.

Questa volta l'asfalto cambiò decisamente colore.

«Vedrà, Eccellenza vipera», disse Gabriella, «che questa la chiameranno *La strada dei grembiuli neri*».

Intanto, nella sala del Consiglio, il Cardinale era ancora in riunione.

«Signori, facciamo tutti assieme delle previsioni sui guai che sta sicuramente combinando il nostro Cretino in missione eliminatoria», propose. « Sediamoci attorno al tavolo – ognuno dove vuole – e vediamo poi chi ha avuto ragione».

L'Eminenza porporato allontanò una sedia dal tavolo e con noncuranza si sedette.

Con gran frastuono si schiantò sul pavimento.

«Chi è che ha rimesso qui la sedia del cretino?», ringhiò da terra, osservando la candida mitria sgualcita.

«Su stà mì, siur Cardinal, pensav de far en piaser», confessò il consigliere svizzero.

«Che sia defenestrato!», ordinò il Cardinale.

Un fattorino-cardinale e due fattorini ancora vestiti da suora s'avventarono sul consigliere in tenuta adamitica.

Imbarazzati, i fattorini ci misero diversi minuti per decidere come toccarlo e... da che parte afferrarlo.

«Un mument! Un mument!», li bloccò lui, saltellando nella stanza per sfuggire alla loro presa e nascondendosi, per la prima volta in vita sua, gli zebedei.

«Andar in mez ai càn nudo me vergugno! Faseme murir cui pantalun!»

Ma il suo unico, pudico e ultimo desiderio non fu accolto dal Cardinale.

Mentre volava giù, come Adamo cacciato dal Paradiso terrestre, si sentì un urlo disperato.

«Almen fasè murir la gent cui pantaluuun!»

9
INTERMEZZO DI INDECISIONE

Su, nella sala del Consiglio, il Cardinale era ancora a terra.

I due fattorini in abito porpora, preoccupati, si fecero avanti premurosamente.

«Eminentissimo Principe Cardinale, vuole un aiutino?», chiesero.

Il Principe, sistemandosi la mitria e il galero rispose loro con molta, troppa calma.

«No, lasciatemi a terra. Piuttosto, miei consiglieri rimasti, ditemi: per caso, i nani spia vi hanno riferito se il rullo compressore che ho fatto appostare vicino all'enoteca ha fatto il suo dovere?»

Non rispose nessuno.

Sembravano impegnati in altre faccende e guardavano tutti da un'altra parte.

Il Cardinale, spazientito, insistette.

«Allora, ha funzionato o no?», sibilò inferocito.

«Monsignore, il bollettino è di quasi 22 morti e di tre dispersi», comunicò terrorizzata una suora fattorino.

«E i nostri due? E il maledetto Kluksmann? È riuscito il Cretino nell'impresa?»

«Salvi entrambi... Per il momento Gabriella ha fallito e, da qual che ci viene riferito dai nostri nani spia dislocati in zona, pare aver preso anche una certa confidenza con la sua vittima polacca... Forse, Eminentissimo, non lo abbiamo istruito per bene... ci perdoni», rispose tremando il consigliere truffatore in doppiopetto.

Il Cardinale, frustrato per tanta inettitudine, cominciò a vibrare violentemente. Si alzò sorretto dai cardinali presbiteri arrivati in suo soccorso e fissò il consigliere bulgaro con un'espressione che, nel suo realismo, pareva avere insita la giusta punizione per il tapino.

«Ho capito, Eminenza, non ho bisogno di aiuto», disse il consigliere con la morte nel cuore.

Seguito dagli sguardi di commossa partecipazione del resto del Consiglio, del Cardinale e dei fattorini, si buttò giù dalle mura a volo d'angelo.

Planò con un triplo carpiato, denotando un certo stile.

«Ora siete rimasti in otto, inutili merdacce!», affermò il Megacardinale ai superstiti.

Questi, ancora seduti attorno al grande tavolo consigliare, cominciarono a tremare terrorizzati.

Fingendo impegni improvvisi, riuscirono tutti, in pochi minuti, a ritirarsi opportunamente nelle loro celle.

Mentre i consiglieri recitavano il rosario, affidandosi alla Vergine Maria, in giro per Megaditta la Fiat polacca di sei metri di Kluksmann girovagava per piazze e strade, non senza investire ogni tanto qualche suddito, distratto e abbagliato dalla lucentezza della nera carrozzeria.

Al suo interno, Kluksmann stava dormicchiando, vagamente annoiato.

Fece un poderoso sbadiglio, poi, con gli occhi pallati, s'indicò disperatamente la bocca che era rimasta spalancata, emettendo degli strani suoni.

«Mi... ii... ruando... dibola... aiuu... to...»

Gabriella, prontissimo, gli prese la testa e, spingendo, gli chiuse con violenza la bocca, che schioccò sonoramente

«Che succede, Eccellenza?», chiese preoccupato.

«Ti ringrazio, mi si era di nuovo bloccata la bocca. Vedi, Gabriella, ormai dalla vita io ho avuto tutto o quasi, e sono circondato solo da sudditi e da inferiori molto noiosi. E così sbadiglio, sbadiglio, sbadiglio e, alla lunga, le articolazioni delle mandibole mi si sono logorate. Prima che mi svegliassi, per esempio, stavo sognando di essere sul palco realizzato per me nell'osteria nei pressi del santuario della Madonna Nera di Czestochowa, per la solita assegnazione della *Vipera di diamante*. È una cerimonia di una noia mortale, ma essendo molto vanitoso e molto cattivo non mi decido ancora a passare la mano. Così ho sbadigliato e sono andato in blocco».

Mentre parlava, il suo sguardo sconsolato vagò fuori dal finestrino.

«Fermati sotto a questi platani!», disse improvvisamente rivolgendosi all'autista.

L'auto frenò improvvisamente e un nano spia, che per osservarli era sbucato da un tombino, ci rimise la testa.

«Ecco, qui c'è un fresco delizioso», disse emettendo un peto sonoro.

«E che ci facciamo qui, ora?», chiese Gabriella, pensando alle tappe del percorso di eliminazione a cui doveva attenersi.

«Mi è venuta voglia di darti una lezione», disse il gorilla petomane.

«Ho fatto qualche errore grave?», chiese l'altro sbiancando.

«Nooo, tranquillo, non ti voglio punire, voglio solo insegnarti qualcosa».

«Eccellenza, le dico la verità: io a scuola mi sono sempre annoiato mortalmente, per questo sono ignorante e cretino».

«Essere ignorante è un vantaggio! Ti voglio solo dare una lezione iniziale su una materia per te completamente nuova: *come si raggiunge il Potere*! Allora... Regola fondamentale è quella di essere decisamente ignorante, e direi che qui ci siamo. Essere cretino o, come fai tu, fingere di esserlo. È una qualità che piace molto ai potenti. Devi poi essere cinico. E tu lo sei, me lo hai dimostrato quando hai visto il rullo compressore spiaccicare i camerieri in festa e te ne sei uscito con la frase *'Vedrà, Eccellenza Vipera, che questa la chiameranno La strada dei grembiuli neri'*. Davvero spiritoso... Poi, mai e poi mai devi credere alle cose piacevoli che ti dicono gli inferiori. Se ti dovessero dire che sei bello, sospetta sempre di essere un cesso. Sii sempre cattivo con chi dice che sei un brav'uomo. Insomma, la regola è semplice: pensa sempre che la verità è l'esatto contrario di quello che ti dicono. Anche gli amici più cari mentono sempre. Anzi, liberati da questo stupido luogo comune che si chiama *amicizia*. L'uomo comune non è capace di amicizia, la finge verso i potenti e verso tutti quelli che gli possono essere utili. L'amicizia ha sempre un suo tornaconto. Liberati poi del laccio mortale dell'*amore*: fingilo con tutte le donne che vuoi, racconta loro balle e poi parla di queste puttane la sera stessa a quelli che incontrerai al bar. E, se proprio devi, sposati solo una donna ricca e potente, non importa che sia brutta e cretina. Alla fine tu sarai privo di sensi di colpa, ricco, temuto e rispettato. E, soprattutto, *odiato*».

«Ma Vipera, quella che lei mi sta consigliando è una vita infelice!»

«Piccino mio, l'unica cosa che ti renderà felice sarà il tuo potere... Ma tu tutto questo lo sai bene. Basta così: dove dobbiamo andare, adesso?»

«Andremmo a teatro...», disse Gabriella.

Era rimasto molto colpito dalla prima lezione e spiazzato per l'ultima affermazione.

Forse Otto la Vipera aveva mangiato la foglia e sapeva qual era lo scopo della sua presenza.

«Andremmo? O andiamo? Ora sei tu che cominci a comandare. Quindi: *andiamo a teatro!* Che teatro è? Dove, cosa vedrò e quando comincia lo spettacolo?»

«Dunque: dovrebbe essere... in un primo momento... però abbia pietà, non so dove sia, né quando comincia lo spettacolo... mi è stato detto... *ops!* Ho invece letto di un balletto sulla coreografia di una tedesca, una certa Pina Bausch, che propone dei balletti mischiati alla recitazione, secondo la sua filosofia del Teatro-danza. Ma non so come si chiama il teatro...», confessò, emettendo un profondo sospiro da cretino.

«Gabriella, in questi casi devi fingere sicurezza e arroganza, altrimenti a che servono le mie lezioni? Ora, fingi di sapere, ma di nascosto domandi a qualche suddito di Megaditta che incontreremo per strada. Puoi usare ancora il mio telefonino e chiamare quel numero che hai fatto prima. Io, solo per questa volta, fingerò di non accorgermi di nulla».

Così dicendo, si girò dall'altra parte e lasciò che Gabriella Gabriella, novello studente alla *scuola del Potere,* si dimostrasse un allievo modello.

10

I BALLETTI DI PINA BAUSCH

Intanto, alla fortezza, nella Sala del Consiglio si era fatto buio.

Mentre i consiglieri recitavano il rosario nelle loro celle, il Cardinale se ne stava insonne e vittima della sua ansia cronica da competizione, seduto sulla sedia più robusta della sala consigliare.

Alcune suore fattorino e alcuni cardinali fattorino dormivano appoggiati alle pareti, vegliando sul loro Megacardinale.

Ad un tratto, dalla porta in fondo alla sala arrivò di corsa un nano spia vestito da cavallerizzo.

«Eccellenza», annunciò trafelato, «ho delle importanti notizie! I due sono stati rintracciati: stanno per andare al Teatro Taccopunta a vedere i balletti di Pina Bausch!»

Il Cardinale balzò in piedi entusiasta.

«Ci siamo! Il Cretino sta seguendo il piano. Questa è la volta buona per liberarmi di quella merdaccia infame di Kluksmann e, se son fortunato, anche del Cretino!»

In quell'istante, nella Fiat Polski 132P...

Gabriella, bloccato nell'agire, si era opportunamente fatto venire la lingua cartonata e arrotolata.

Vide un suddito, del genere umano *inutile,* fermo al bordo della strada: occhiali neri, bastone bianco e cane lupo d'accompagnamento. Anche il cane, per non essere da meno e fare da *pendant* con il padrone, indossava degli occhiali scurissimi.

A fianco della coppia c'era un bassotto, che indossava un cappottino bianco decorato da una croce rossa.

«Si fermiii!!!», se ne uscì Gabriella con un urlo lacerante.

La macchina fece uno *zig zag* impressionante e uccise una gallina livornese color ruggine, uno spazzino vestito da spazzino che cantava saltellando, tipo sirtaki, una canzone popolare greca, e una suora cattolica irlandese vestita da suora ospedaliera che stava contando del denaro rubato a un mendicante musulmano.

«Ma porca di quella puttana!», protestò l'autista in livrea. «Si rende conto che stavo dormendo? Lo sa o non lo sa che è proibito parlare e urlare all'autista?»

«Senta, rifiuto della società», lo redarguì Gabriella, «innanzitutto non si dorme quando si guida, né si guida quando si dorme. Fermi qui che m'informo».

Il gorilla polacco non s'intromise nella discussione e guardò i due di sottecchi, ammirato per quel nuovo Gabriella che stava crescendo sotto i suoi occhi.

Il suo allievo prediletto scese con una mappa della città in mano, s'avvicinò all'uomo accompagnato dai cani e con quello strano bastone bianco e gli aprì la carta stradale sotto il naso.

«Senta, buon'uomo, dia un'occhiata qui alla mappa... ma non se ne stia in silenzio, la guardi... Aha, forse il cane occhialuto qui è più pratico... vabbè, ho capito tutto. Ma almeno, ha un'idea di dove si trova questo cazzo di Teatro? La vedo assente...»

Allora s'abbassò e sussurrò all'orecchio del bassotto crociato.

«Stia a sentire, mi dica lei quel che sa del Teatro e degli spettacoli della Pina Bausch».

«Lei è fortunato, sta parlando con il cane giusto. Sono un grande appassionato di teatro», esordì il bassotto, «e questa sera c'è uno dei famosi balletti della grande coreografa tedesca Pina Bausch. È uno spettacolo straordinario, l'hanno visto anche i due ciechi qui che assisto».

Il cane lupo, che sembrava dormicchiasse, azzannò il padrone alla caviglia ringhiando ferocemente.

«A questo imbecille lo spettacolo non è piaciuto».

«Dove lo danno?», chiese Gabriella, che da supercretino qual era non si era minimamente sorpreso.

«Al Teatro Taccopunta».

«Ci siamo!», esultò Gabriella, che rientrò in auto senza salutare il bassotto.

L'autista, sonnecchiando, mise in moto.

Dopo soli 200 metri, Gabriella lanciò un secondo urlo lacerante.

«Eccoci!»

La macchina fece due piroette e cappottò.

«Ma porca puttanaccia...», urlò l'autista, « si rende conto che avevo appena ripreso a dormire? Ce la fate, signori, a scendere anche se l'auto è capovolta?»

Gabriella uscì a fatica dal finestrino, mentre Kluksmann, ancora dentro, sputò la punta della lingua che si era amputato nell'incidente.

«Nuaa, nuaa, non ti peoccupaee...», disse a fatica.

«Ma come parla, Eccellenza?», chiese il Cretino.

«È il suo pezzo di lingua...», disse impassibile l'autista, mentre Gabriella raccoglieva da terra un frammento organico e se lo metteva in tasca, dopo averlo incartocciato nella cartina della caramella mou che stava succhiando.

Kluksmann venne estratto dall'auto da un grosso vigile vestito da vigile in guanti bianchi da vigile.

«Tutto bene, signore?»

«Questo qui è il teatro?», s'intromise Gabriella.

«Signore, mi dispiace molto, ma sono cieco».

«Un vigile cieco?»

«Sono un raccomandato», disse allontanandosi, dopo aver deposto al suolo la Vipera dalla lingua mozzata.

«Lauta mancia a chi mi dice se questo è il teatro dove danno i famosi balletti di Pina Bausch!», cominciò a gridare Gabriella, esortando la sudditanza.

Dalle case intorno uscirono circa un centinaio di persone, tra cui donne, bambini storpi, uomini in mutande e vecchi con la flebo al braccio.

Da una chiesa, sconsacrata recentemente dal Megapresidente, s'affacciò un sacerdote in incognito.

«Scusate», chiese affannato, «stavo dicendo messa... quanto date di mancia?»

Da una finestra del terzo piano di una sgangherata casa popolare s'affacciò un uomo completamente pelato e con una grande barba bianca insanguinata. Era a torso nudo, con il sangue su tutto il corpo, guanti di lattice bianco e grandi forbici da sarto in mano.

«Lo spettacolo si tiene proprio a 20 metri da lei, signore, sulla sinistra. È quello, il Teatro Taccopunta», disse gentilmente, indicando con le forbici un edificio. «Mi scusi se mi presento a lei in modo inadeguato, ma stavo facendo a pezzi il corpo di mia moglie».

«Grazie, signor uxoricida, è stato gentile a disturbarsi per noi. Ritorni pure ai suoi affari», gli disse il Cretino.

Il pelato insanguinato tornò dentro, ma ricomparve subito alla finestra, con in mano il piede sinistro della moglie.

«Sa, l'ho uccisa perché mi ha costretto a vedere i balletti di Pina Bausch!»

«La ringraziamo per averci messo in guardia su cosa ci aspetta, ma vede, il mio ospite, Otto Kluksmann, che viene dalla Polonia, si è affidato alle mie cure per conoscere cosa offre Megaditta», spiegò Gabriella, conducendo Kluksmann all'interno del teatro.

Intanto, il sacerdote e quel centinaio di persone accorse per la mancia, vistesi defraudate del denaro da qual cretino uxoricida, che per di più non aveva nemmeno richiesto il compenso promesso, si lanciarono inferociti su per le scale della casa popolare.

«Maledetto pelato!», gli gridarono. «Assassino! Ci hai fatto perdere la ricompensa!», e giù con un pestaggio in stile squadrone della morte.

All'interno del teatro, Gabriella estrasse magicamente dalla tasca due biglietti per la platea e, vedendo l'espressione di stupore di Otto la Vipera, si giustificò con una colossale bugia.

«Li ho vinti giocando a Monopoli al *Circolo ricreativo degli impiegati in pensione anticipata*. Mi scusi Kluksmann, come va la sua lingua mozza?», chiese elusivo, cambiando strategicamente discorso.

L'altro, guardandolo con occhi interrogativi, evitò ogni commento, domanda e risposta.

Cercarono i posti dove sedersi. Il teatro era già al buio, pronto ad accogliere lo spettacolo di ballo e recitazione.

«Ma o speacoo è già cominiao?», chiese Kluksmann, privato dell'uso della lingua.

Dal buio della sala, piena di spettatori ed estimatori di sola origine tedesca, s'elevò una serie di vibrate proteste.

«Ssss... Ssss... silenzio, per favore».

I due si sedettero vicino al corridoio centrale.

Gabriella, però, decise che era meglio sedere a terra, a fianco di Otto, in segno di rispetto.

«Sei comoo?», chiese il gorilla, assecondandolo.

«Comodissimo!»

«Sssss! Silenzio, per favore, maleducati! Un po' di rispetto per la grande Pina Bausch», gridò con voce querula uno del pubblico.

Il sipario era comunque ancora chiuso.

Passarono 12 minuti in un silenzio tombale.

«Ma che cao succee?», chiese Kluksmann, chinandosi verso Gabriella.

Allora si avventò verso di loro una maschera, che li apostrofò con accento tedesco.

«Zitti, per fafore! Qvesti palletti essere differenti da fostri spetakuli dofe sempre kanta... kon baffetti neri, kitarra e mantolino...»

Dal pubblico continuarono le grida di protesta.

«Sssss! Silenzio! Taliani maledukati! Mancia spaghetti, sempre kantare, kitarra e mantolino! Non kapire Arte, foi!»

Kluksmann, vuoi per l'inconcepibile attesa, vuoi per i dolori della menomazione, cominciò a respirare a fatica.

Gabriella tentò di tranquillizzarlo.

«Si faccia coraggio, Eccellenza, vedrà che poi metteremo a posto la sua lingua».

Non appena il Cretino disse *lingua,* il ventre enorme da gorilla di montagna di Kluksmann, trasformatosi in cassa armonica, emise un gemito tipo *famoso violino del liutaio Guarnierio del Gesù*. Pernacchiò un suono lunghissimo e dolce, che si diffuse in tutta la platea.

«Pasta, per fafore! Kontrollo!», protestò un'altra maschera tedesca.

Da una balconata in alto parlò un avvocato romano, in evidente delirio da astinenza gastronomica.

«Per pietà, nun me provocate con la parola *pasta,* che pe' nnoi è solo quella *a la griscia!*»

L'impianto radio di sala gracchiò.

«Attenzione, preko, se continuare qvesti interruzionamenti, ci fediamo kostretti intifiduare spettatori taliani e di spattere fuori in strada, koi loro fiaschi di fino, spaghetti, baffi neri, kitarre, mantolini e loro patetike kansonette! Preko, non dimentikare mantolini in tveatro!»

Dal palchetto in alto si sentirono i rumori d'una colluttazione: stavano portando di peso in strada l'avvocato.

«E li mortacci vostri de li mortan guerieri! Sciavete idea di che so' li spaghetti a la griscia? E se ve parlo de li rigatoni co' a paja...»

Si sentì il rumore inequivocabile di una martellata sulla nuca, e dall'avvocato non giunse più nessuna arringa gastronomica. Dal ventre enorme di Kluksmann giunse invece un penosissimo latrato.

«Fate tacere kvesto kane!», fu l'immediato grido di una maschera alle loro spalle.

Finalmente, si aprì il sipario.

Seguirono altri 6 interminabili minuti di incomprensibile nulla.

Annoiato, si rimise in moto il ventre di Kluksmann. Questa volta fu un rumore sordo, ritmato come quello di un motore a due tempi.

Sul palco s'accesero le luci e comparve, tra la costernazione generale, il direttore di scena inferocito, vestito in divisa da Gestapo e con occhialetti alla Heinrich Himmler.

«Ki essere kvesto grante dilinqvente ke avere acceso gruppo elittrogeno in sala!? Ke noi mandare dofe sapere in Polonia!»

Si accesero le luci anche in sala, e tutto il pubblico fu subito in piedi.

«Afanti, figliakko, konfessa!»

Da una balconata intervenne un avvocato di Hildelberg.

«Non la passerete liscia, taliani maledukati!»

Gran parte del pubblico si alzò in piedi sulle sedie, rinunciando alla proverbiale compostezza germanica.

A questo punto Kluksmann, che odiava i tedeschi e le suore Orsoline, che crescendolo gli avevano raccontato dei crimini da loro perpetrati in nome di un ideale di razza ariana, decise di omaggiare tutti con quanto di meglio... o di peggio, il suo ventre potesse.

Chiedendo scusa al famoso liutaio, partì con una serie di peti a catena, accompagnati da un fetore di marcio.

«Dottor Vipera, ho paura di questi esagitati, lasciamo la sala...», lo implorò Gabriella da terra.

Uscirono, contenti per la goliardata e ancor di più per non aver dovuto subire due ore d'arte danzante.

In strada la situazione non era delle più tranquille.

Era calata la sera e si stava svolgendo una festa che sembrava la parodia agghiacciante della trasteverina *Festa de Noantri,* di cui alcuni romani, trasferitisi a Megaditta, avevano mantenuto l'usanza. Solo che, in questa occasione, la statua della Beata Vergine del Carmelo era stata sostituita dal chiassoso avvocato in delirio gastronomico buttato fuori dal teatro, che ora sobillava quel centinaio di persone che avevano perso la mancia.

Oramai, ubriachi fradici, erano tutti in mutande con i fiaschi in mano. Vuoti. In piedi, su un tavolo, l'avvocato romano dirigeva il coro.

"Ma che ce frega, ma che ce importa,
se l'oste ar vino c'ha messo l'acqua,
e noi je dimo, e noi je famo,
c'hai messo l'acqua, e nun te pagamo, ma però,
noi semo quelli, che jarisponnemo n'coro,
è mejo er vino de li Castelli
che de sta zozza società..."

C'era anche il pelato uxoricida, con la gamba insanguinata della moglie sotto al braccio.

Il gorilla Kluksmann, il cretino Gabriella e l'assonnato autista furono travolti da quel clima festoso: bevettero a canna, ballarono e cantarono fino a tarda notte.

Allo scoccare della mezzanotte, in piazza erano rimasti in pochi. Gli altri erano strisciati a casa: una giornata di lavoro li aspettava.

«Signori», intervenne il pelato commosso, «grazie per la bellissima serata, io vi lascio perché vado a finire di disossare il cadavere della mia signora.

S'allontanò e, giunto alla porta di casa, menò nell'aria a destra e a sinistra la gamba che fu della moglie a mo' di saluto.

Kluksmann, che non ne poteva più di questa sua menomazione lingua-linguistica, prese un block notes, una penna e scrisse: *è stata una giornata indimenticabile.*

«Eccellenza, ma lei come farà adesso, con questa lingua danneggiata?»

Lui scrisse ancora: *non ti preoccupare, d'ora in avanti parlerai tu per me. E adesso, cosa è previsto per il mio divertimento?*

«Eccellenza, è l'una del mattino...»

«Come al solito non si rende mai conto di quando deve smettere, non capisce un cazzo!», intervenne l'autista, che stava dormicchiando.

Gabriella gli si avventò contro e lo prese per le orecchie.

«Stai a sentire, autista di merda, come ti permetti...», cominciò a dire, ma poi si fermò di colpo.

Alle sue spalle Otto Kluksmann, l'insuperabile cattivo vincitore dell'annuale *Vipera di diamante*, con una inusitata e improbabile espressione dolcissima lo trattenne dal compiere lo strappo cruento dei padiglioni auricolari.

Scrisse: *ti prego, non fargli del male; ogni tanto mi piace essere trattato come un qualunque essere umano.*

Gabriella lesse e lo guardò esterrefatto.

Scrisse ancora: *spiegagli tu, autista,* e mostrò a entrambi l'appunto.

L'autista, rimanendo seduto al suo posto, spiegò al Cretino quello che intendeva dire il suo capo.

«Sì, è un suo bisogno, poveraccio: nei lunghi viaggi in macchina, quando si annoia, mi chiede d'insultarlo. E siccome non ho fantasia, è lui che mi suggerisce cosa dire. Oddio, non che lui sia molto più fantasioso, tant'è che alle volte è eccessivamente ripetitivo. Comunque, per la cronaca, ci sono alcuni epìteti che gli piacciono particolarmente: pezzo di merda, non capisci un cazzo, inferiore, vecchio cretino... Una volta si è particolarmente rianimato quando gli ho detto: *"ma sai che tu sei più cretino di me?"*. Be', è stato un trionfo! Quindi, quando lo vedo giù di corda o, come poco fa, voglioso di nuove esperienze, io lo insulto. Vede, ho il mio *vademecum per gli insulti all'uomo di Potere*, un quadernetto dove ho scritto il peggio del peggio tra parolacce e insulti. Gliene leggo qualche passo».

Mise la mano nella tasca posteriore dei pantaloni e tirò fuori un taccuino tutto consumato.

Kluksmann s'avventò su di lui, buttandolo a terra e prendendolo a calci.

Mentre gli saltellava sopra, scrisse: *come ti permetti, coglionazzo infame di un autista pagato ad ore? Mostrare il taccuino è un sacrilegio! È il mio tallone d'Achille!*

Poi, sempre per iscritto, invitò Gabriella a infierire sull'autista esanime.

Gabriella, ubbidiente, balzò sul corpo dell'uomo e cominciò a saltellare crudelmente.

«Come ti permetti?», urlò. «Ti rendi conto che è un sacrilegio? Adesso ti faccio infilare nel tritacarne della macelleria centrale, dopo averti tagliuzzato io stesso con le mie lamette da barba...»

«Va bene, va bene, ho capito di avere sbagliato», implorò il pover'uomo tra le lacrime e con le costole rotte. «Prometto di non farlo più».

Gabriella Gabriella, novello studente modello alla *scuola del Potere,* sembrava aver dimenticato quale fosse lo scopo impostogli dal Consiglio e dal Megapresidente: salvare Megaditta e il suo Presidente.

II
OPERAZIONE LINGUA

Sempre all'una di notte, un poco più in là e molto più in alto, nella sala del Consiglio il Megapresidente s'era cambiato d'abito, lasciando quello cardinalizio rosso porpora per un più vezzoso completino da Marinaretto bianco e blu.

Non aveva voluto andare a dormire, nell'attesa della confortante notizia della morte di Kluksmann, magari accompagnata da quella, meno appagante ma comunque sempre gradita, del Cretino in missione.

Era appoggiato con la testa sul tavolo, e sembrava dormisse profondamente.

Improvvisamente, entrò trafelato nella stanza un nano gobbo vestito da cavallerizzo, camminando in bilico sopra eleganti tacchi a spillo rossi.

«Brutte notizie, Eccellenza Marinaretto, i due sono andati come previsto e auspicato a vedere i balletti di Pina Bausch, ma le nostre spie mi riferiscono che, purtroppo, sono usciti dal teatro indenni. Anzi, quell'Otto ha dato il peggio di sé, impestando l'aria del teatro con un odore inesistente in Natura, frutto del suo bieco intestino. Quei due hanno ballato sino a pochi minuti fa e uno dei nostri nani riferisce che Kluksmann, alla fine, abbia detto, anzi scritto su un block notes, *"è stata una giornata indimenticabile"*».

«Siamo rovinati!», si lamentò il Marinaretto, sbattendo ritmicamente la testa sul tavolo.

«Mio Capitano, quasi dimenticavo un particolare che forse è importante: sempre le spie mi riferiscono che Kluksmann parla in modo incomprensibile, come se avesse perso la lingua», disse il gobbo.

«Tutta?», chiese speranzoso il Marinaretto, rianimandosi e alzando di scatto la testa dal tavolo.

Il gobbo non rispose.

«Tutta tutta la linguaccia biforcuta?», insistette l'altro.

«No, solo la punta», confessò il nano sui tacchi.

Il Marinaretto prostrato chinò la testa con tale violenza che riecheggiò nella sala il tipico suono da noce di cocco vuota.

Alcuni fattorini, opportunamente smessi i panni da suora e da cardinale, e ora in tenuta da giovani marinai, lo guardarono stupiti. Mai avrebbero pensato che il loro Megapresidente non avesse nulla nella testa!

«Ma avete sentito? *Noce totale!* Anche *Lui come noi!*», si dissero quasi sollevati.

«Perché, avevate dei dubbi, inetti?», sussurrò il gobbo con inusitata baldanza. «*Questo* ha raggiunto il potere proprio perché non ha cervello: ha un cranio completamente vuoto! Noi, giù nei nostri alloggiamenti, lo chiamiamo *Präsident Kokosnuss*».

Il Marinaretto aveva sentito.

Come un cobra alzò la testa lentamente e si alzò dalla sedia. Nel buio della sala si vedevano solo i suoi occhi rossi fosforescenti.

«Come mi chiamate, giù a *Nanolandia*?», chiese, avanzando minacciosamente verso di loro.

Il nano gobbo e i fattorini s'abbracciarono e, con le lacrime agli occhi, tutti insieme si buttarono giù dalla solita, frequentatissima finestra.

Questa volta nessuno rimbalzò.

Non fecero nemmeno rumore, nessuno di loro lanciò un ultimo grido d'accusa. Ma quando toccarono terra i crani dei fattorini si aprirono... rivelando di essere noci di cocco vuote.

La grossa testa del nano gobbo, invece, si aprì come un melone e ne uscì un cervello enorme, con complesse circonvoluzioni.

Forse, allora, era vero quello che si diceva sul cervello vuoto degli uomini asserviti al potere.

Intanto, nella piazza di fronte al teatro, Kluksmann continuava a scrivere sul block notes: *come farò domani a presentarmi al Consiglio e al Megapresidente?*

«Stia tranquillo. Adesso, se mi permette, dobbiamo risolvere prima il problema della lingua».

«Signori», disse l'autista, «scusatemi se m'intrometto, ma a quest'ora gli studi medici sono chiusi e al pronto soccorso non hanno certamente lingue di ricambio, per cui ci conviene aspettare che qualcuno 'dalla lingua lunga' muoia e doni l'org...»

«Un momento!», lo interruppe Gabriella con entusiasmo. «Autista, tira fuori la lingua!»

Quello la mostrò.

«Tutta, tutta fuori!», lo incitò Gabriella.

Aveva sotto agli occhi una vera e propria linguaccia.

«Perfetta! Ti ordino di rimetterla dentro e di portarci dal veterinario più vicino».

Balzarono in macchina, mentre Kluksmann guardava Gabriella con orgoglio.

«Veloce!», lo incalzò il Cretino, «veloce, più veloce, imbecille straordinario!»

L'autista, ignaro di quanto stava frullando nella testa di Gabriella, guidava cantando felice.

«Com'è bello andar, dal veterinar, che ci andremo a far... questo chi lo sa...»

La Polski frenò bruscamente di fronte a un portone in legno chiaro, con sopra la scritta in ceramica *Specialista in interventi su lingua di ogni specie di animale* e sotto, in piccolo, *anche braccianti agricoli*.

Bussarono alla porta.

«Chi è!», chiesero da dentro.

«È lei il Dottore-veterinario?»

«È chiuso, se ne vada!»

«Ma è un'emergenza!»

«Per un bracciante o un animale?»

«Animale, animale», affermò con sicurezza Gabriella.

«Avanti, allora».

Si sentì un'armeggiare di chiavistelli e serrature.

«V'aspetto qua fuori?», chiese l'assonnato autista.

«No, *caro*, vieni pure con noi, vedrai che sarà interessante anche *per te*», lo lusingò Gabriella.

La porta finalmente si aprì: il veterinario era in camicia da notte a righe, tipo carcerato.

Li fece accomodare in una cucina con piastrelle bianche e con un tavolo di marmo. Sul fuoco c'erano una minestra di fagioli e dei cavoli che lessavano, mentre in un tegame arrostiva una zampa di cane. Un'unica lampada regolabile scendeva dal soffitto, diffondendo una luce cadaverica.

«Scusate, ma stavo per mettermi a guardare un film. Dà fastidio, questo odore? Mi stavo preparando la colazione per domani mattina. Dov'è l'animale malato?», chiese poi, dirigendosi verso Gabriella.

«La verità è che sarebbe... insomma », disse il Cretino indicando con l'indice l'autista.

«Vieni qui, bestiolina!», lo esortò il veterinario, mentre l'autista gli si avvicinava calmo. «Che cavolo di razza sei, un bastardino? E cos'hai?»

«Deve fare una donazione di lingua», gli spiegò sottovoce Gabriella, che non voleva farsi sentire dall'ignaro donatore di organi.

«A chi, a quest'altro che sembra una sottospecie di gorilla?»

«Esatto».

«Allora sia: si proceda con l'alloggiamento degli animali. Tu, barboncino, metti il mento su questa sedia e tieni la bocca spalancata. Il gorilla va là, sull'altra sedia, anche lui con la bocca spalancata. Fermi entrambi, immobili, e cercate di non respirare».

Tirò fuori dalla minestra in cottura un grosso paio di forbici da sarto.

I due pazienti, a quella visione, credettero di svenire.

Il Cretino, proprio per il fatto di essere tale, rimase invece impassibile.

«Questa è sterilizzata, naturalmente. Non avete idea del potere antimicrobico e antibatterico dei fagioli borlotti in cottura! Attenzione, ora... Ah, un momento, dimenticavo l'ago e il filo per suturare».

Aprì un cassetto e ne tirò fuori un grosso ago arrugginito e un rocchetto.

«Questo è filo di cotone color carne, che così non si vede. Purtroppo non abbiamo tempo per sterilizzarli, ma mancano pochi minuti perché mi cominci il film. Pronti, animali? Lingue fuori!»

Diede una sforbiciata alla lingua dell'autista.

Il misero urlò e svenne quando vide la punta della sua lingua cadere saltellante sotto al tavolo.

«Mi dia una mano, ho le mani occupate», intimò il veterinario a Gabriella, che prese la lingua da terra e la passò all'amico degli animali. Questi la cucì velocemente sul troncone di Kluksmann, che rimase in silenzio.

«Questi animali di grossa taglia sono orgogliosi, difficilmente ci manifestano il dolore che provano», spiegò il veterinario.

«Ma... quell'altro sta perdendo molto sangue... che sia da dargli un antiemorragico?», si preoccupò Gabriella.

«Più che un barboncino, questo tipo mi sembra un bassotto. Deglutisci, cagnolino, deglutisci, che il sangue contiene ferro».

«Ma... e se dovesse schiattare?», chiese preoccupato e con un filo di voce Gabriella.

«Eventualmente me lo può lasciare, che lo metto a cuocere con la zampa. Ecco fatto, il gorilla ha la sua nuova lingua. Per attaccargliela ho usato il punto croce... sa, in ricordo della mia povera sorella, che amava tanto il ricamo», disse il veterinario, accompagnando i tre alla porta. «Lasciatemi ora, che comincia il mio film preferito».

«Mi scusi dottore degli animali... di che film si tratta?», chiese il Cretino.

«Mah! Il titolo non lo ricordo mai... comunque, siamo in un mondo in cui gli uomini sono succubi di una potente struttura burocratica, che impedisce loro ogni autonomia. Solo un uomo, che sogna e indossa delle ali, sembra eludere il controllo», disse il cinefilo spingendoli fuori.

Il portone di legno sbatté alle spalle dei tre.

«Gabriella», esordì Kluksmann, «amico mio, senti che meraviglia! Gabriellina! Non sono mai stato così linguato in vita mia! Un momento, ma chi ha pagato il valente veterinario? Autista, bussa e domanda quant'è l'onorario», disse.

Lo slinguato bussò.

«Andatevene via, che è iniziato il film!»

Stavano nuovamente viaggiando in auto.

«Incredibile!», esclamò Kluksmann stropicciandosi le mani. «Gabriella, la tua è stata un'idea geniale e un'avventura straordinaria. Vero autista?»

«Mea icoeò pe moo empo», annuì l'Incomprensibile.

Kluksmann volle pernottare all'Hotel di Jacob Levi, per recuperare le forze.

Si fece dare tre camere comunicanti, e pagò in oro.

Dopo pochi minuti, russavano tutti e tre sonoramente.

12

LA *NOUVELLE CUISINE* DI GARAQUE

Non erano ancora scoccate le 5 del mattino, ma il Megapresidente aveva di nuovo ordinato ai fattorini di andare a svegliare quello che restava del Consiglio Segreto dei Dieci Assenti.

Questa volta la riunione si sarebbe tenuta nel sottosuolo, in una stanza super segreta e super fredda.

Qui, a riscaldare l'ambiente, ci sarebbe stata un'unica candela accesa.

Il Capo era convinto che la privazione e il terrore fossero ottimi strumenti per ottenere dai suoi sottoposti qualche risultato positivo.

Lui era già sul posto e s'era furbescamente vestito con cuffia di lana, guanti di lana, sciarpa di lana, cappotto di lana, mutandoni ascellari di lana e spessi calzettoni colorati di lana.

Attendeva, seduto su una grossa poltrona di cuojo.

Nel buio s'intravedevano le figure dei sorveglianti del sottosuolo, quasi tutti nani, coperti da pesanti mantelli di lana nera e guanti di lana bianchi.

I consiglieri arrivarono, scortati dai fattorini in lana cotta, chi in mutande chi in camicia da notte, ma tutti con il rosario tra le mani.

Vennero fatti sedere a terra, sulla fanghiglia gelata.

«Chi manca?», chiese spazientito il Lanapresidente.

«Di certo l'Adamo di Lugano», disse rabbrividendo uno dei due riciclatori di denaro sporco, seduto a disagio in mezzo alla fanghiglia.

«Solo quello? E gli altri consiglieri superstiti, sono tutti presenti?»

«Quasi... manca anche il consigliere di Belgrado, che si occupava per Lei di truffe colossali», specificò uno dei quattro trafficanti di droga biancovestito, abbracciato al suo transessuale brasiliano.

«Insomma, non perdiamoci in *questioni di lana caprina!* Ho perso il conto di voi. Quanti siete ora? Otto?», chiese a conferma il Presidente di Lana.

Il sessantenne trans di Fortaleza, che puzzava come una pantegana morta di diarrea acuta, mangiata e vomitata da un gatto, osò rivolgergli la parola.

«Signori, scusate se m'intrometto nelle vostre dotte discussioni, ma sento il dovere di far notare una cosa a Sua Eccellenza Lanifera. Maestà, questi suoi consiglieri sono oltremodo stressati da lei e non sono quindi efficienti come li vorrebbe. Inoltre, sono tutti cocainomani, fumano la macuña, bevono a canna superalcoolici al mattino appena svegli e hanno perso il rispetto in loro stessi, arrivando a lavarsi di rado».

«Perché, tu ti lavi?», chiese da sotto il cumulo di lana il Megapresidente.

«Io? Veramente... cosa c'entro io, non è questa la questione!»

«Gettate 'sta zozza nel pozzo delle capre carnivore!», ordinò il Cumulo di lana, e due sorveglianti si avventarono su di lei.

«Che c'è, che ho fatto? Volevo solo collaborare!», urlò la disperata.

La trascinarono via, lungo una galleria stretta e al buio più totale, come un corpo morto, mentre i suoi piedi nudi lasciavano sul fango un lungo binario, su cui già correvano famelici ratti lunghi trenta centimetri a leccare golosi i residui di pelle che si staccavano dai piedi.

Quando furono in fondo al tunnel, si sentì in un grido disperato il tardivo pentimento igienico.

«Domani mi lavo! Lo giurooo!»

Troppo tardi: le capre carnivore avevano già iniziato a banchettare.

Da sotto il cappotto del Megapresidente si sentì squillare il megacellulare.

«Maledetta tecnologia, dove... ah, eccolo! Pronto? Cosa? Siamo sicuri? Passo e chiudo!»

Si alzò di scatto e, nonostante i due quintali di lana che indossava, cominciò a saltellare per la sala come un tarantolato.

I consiglieri superstiti, mentre cercavano di scrostarsi alcuni ghiaccioli dal naso e dalle ascelle, lo guardarono perplessi.

«Miei Imbecilli straordinari, mentre voi perdevate il vostro inutile tempo a recitate il rosario nel silenzio delle vostre camerucce, sperando che le vostre misere preghiere potessero salvare la vostra esecranda vita, i miei fedelissimi ed efficienti nani spia mi avvisano che hanno ricevuto una soffiata dall'albergatore Jacob Levi: il nostro Cretino gli ha appena chiesto di prenotare un tavolo per stasera da *Chez Garaque*, il ristorante tempio di quell'irritante *nouvelle cuisine*. Avviso io stesso Garaque che prepari la trappola mortale. Comincio a non fidarmi del Cretinaccio. Vedrete, Kluksmann, con il carattere di merda che ha, verrà sicuramente eliminato dai camerieri. Se non morirà prima di fame, ovviamente».

Erano le 20.30 quando i Tre, dopo un megasonno ristoratore, salirono a bordo della Fiat Polski di sei metri, destinazione ristorante.

Scopo di Kluksmann: festeggiare la lingua nuova.

Scopo di Gabriella: assecondare il volere del Megapresidente... ma anche quelli di Otto la Vipera.

Scopo dell'autista: nessuno.

«Gabriella, Gabriella, Gabriella la la la», cantava felice Kluksmann. «Scusami quest'uso forsennato della lingua, ma sono felice di averla recuperata. Domanda a quell'autista slinguato là come la va', dove la va' e se allora si va là?»

«Sì, Eccellenza, stiamo andando a cena da *Chez Garaque*. Vero, autista?», chiese il Cretino.

Questi evitò di rispondere, ma dallo specchietto retrovisore lanciò ai due un'occhiataccia maledicente.

All'ingresso del ristorante, monsieur Garaque, avvisato per tempo dal Megapresidente dell'arrivo del Nemico numero Uno, s'affrettò in strada ad aprire ossequioso la portiera della Polski.

«Che sorpresa meravigliosa! Eccellenza Kluksmann, la sua presenza darà maggior lustro al mio locale, stasera. Venghi, venghi, s'accomodi.

Poi si rivolse a Gabriella.

«Giovinotto, non credo proprio che sia il caso che lei partecipi...»

«È il caso, eccome!», asserì Kluksmann, «Trallallero trallalà!»

«Ai suoi ordini...», s'inchinò deluso Garaque.

Non voleva che il Cretino entrasse nel suo locale, temendo che una delle sue incontrollabili e proverbiali cretinate mandasse a monte il piano. Su questo il Megapresidente era stato chiarissimo.

«Insisto però nel dire che quell'altro non lo voglio!», sussurrò in un orecchio a Kluksmann, indicando l'autista.

Fu così che, mentre i tre entravano accolti dagli applausi dei camerieri, il senza lingua risalì affamato e ulteriormente intristito in macchina.

Il locale era pieno.

I camerieri, informati del piano di eliminazione, si misero tutti sull'attenti e, dal fondo della sala, comparvero le teste dei dieci valenti e pluristellati cuochi del ristorante.

«Venite, prego, quella è la vostra saletta», indicò loro il mellifluo Garaque.

«Garaque, mi sbaglierò, ma ho come l'impressione che lei sapesse già del nostro arrivo. A dire il vero avevo prenotato dall'albergo, ma sono certo di non aver lasciato le generalità...», chiese sorpreso Gabriella.

«Sì... cioè, no... assolutamente... no, è una magnifica sorpresa! Come facevo a saperlo? Non lo sapevo. Lo speravo molto, però. Si vociferava in questi giorni che a Megaditta fosse arrivato Otto Kluksmann – la sua fama l'ha preceduto, ovviamente – e mi domandavo se mi avrebbe onorato della sua presenza. Be', il nostro locale è piuttosto famoso. A proposito, gradite due tavoli separati?», domandò il ristoratore.

«Due tavoli? E perché mai?», si stupì Gabriella.

«No... così, pensavo che magari Kluksmann non volesse dividere il suo con lei...»

«Trallalleru trallallà, voglio sol quella tavola là», canticchiò Kluksmann, «e Gabriella a tavola là con me! Ho una fame... allora, comincio: in mio onore ordino della lingua. Ce l'avete?»

«Eccellenza, per lei abbiamo tutte le lingue che vuole: di manzo, di vitello, d'agnello, di maiale, bollite, salmistrate, gratinate, caponate... Vuole che le porti il nostro carrello delle lingue?»

«No, ne voglio solo una umana grondante sangue. Subito, però, sto morendo di fame».

«Mi dia solo sei minuti...», promise condiscendente Garaque, che si allontanò gimcanando tra i tavoli.

Dalla cucina arrivò il rumore di una colluttazione violentissima e poi la voce disperata dello sguattero.

«Lo sapevooo... tocca sempre a me! Sono sempre io la vittima sacrificale! Vigliacchi! Una volta le orecchie, poi il naso e adesso la lingua! Non voglio! Questo per me è un lavoro di ripiego: volevo fare il doppiatore!»

«Su, Pierre, non facci il bambino capriccioso. Metti la lingua sul tagliere... non solo la punta, imbecille, tutta fuori... Ecco, così. A me la mannaia, chef!», ordinò Garaque, senza rimorso alcuno.

Il taglio fu netto e preciso.

L'urlo dello sguattero terribile e straziante.

«Nascondete questo relitto di sguattero nel forno!», sentirono dire a Garaque i clienti terrorizzati.

Dopo pochi minuti, Albert, il primo cameriere, rientrò pomposamente in sala con un piatto da portata da cui colava sangue.

Lo seguiva impettito Garaque.

«Ecco a lei la lingua ordinata, Eccellenza. Ha visto? Qui abbiamo di tutto, basta esprimere un desiderio. Ha qualche preferenza per il tipo di cottura o la consuma cruda, in tartare?», chiese sorridendo.

Kluksmann diede un'occhiata quasi distratta.

«Troppo piccola, non m'interessa».

«Ma Eccellenza, era dello sguattero che nutrivamo con il meglio del meglio degli avanzi di cucina. Le dirò di più: questa lingua ha un valore aggiunto, voleva fare la doppiatrice!»

«Ecchissenefrega! Il mio era solo un capriccio. Noi siamo qui per la *nouvelle cuisine!*»

Kluksmann, però, prese la lingua insanguinata e se la mise nel taschino della giacca.

«Questa la regalo all'autista», disse in uno slancio di generosità.

Garaque batté le mani e uno stuolo di camerieri si schierò di fronte al tavolo dei due, lasciando basìti gli altri clienti.

«E si cominci! È il nostro gran momento!»

Il primo cameriere salì su una sedia e si schiarì la voce.

«*Gran trouffe de tam tam en croute de merd e cloaque*», snocciolò Albert, esibendosi con grazia nel gesto del condottiero che dà il segnale di attacco alla cavalleria.

Dalla cucina si sentì bestemmiare.

«Ma porca di quella puttana! Maremma di quella impepata di cozze! La *Gran trouffe de tam tam en croute de merd e cloaque* è il piatto più complicato creato da quella carogna di monsieur Gourmandise, che è scappato in Boemia con la ricetta», sbraitò il primo chef, che avrebbe voluto iniziare con una più accessibile crema di piselli.

Garaque si avvicinò al tavolo.

«Eccellenza, lo chef farà di certo del suo meglio! Gli dii solo qualche minuto».

«Non si preoccupi, oggi Kluksmann è felice e abbiamo a disposizione tutto il tempo del mondo», concesse con magnanimità il Cretino.

«Sì, è vero!», confermò il polacco. «Son felice, son linguato! E lecco tutto quel che vedo. Lecco di qua, linguo di là, ho una lingua da pascià!», canticchiò.

«E voilà la *Gran trouffe de tam tam en croute de merd e cloaque*», fu l'urlo trionfale del primo cameriere, nel vedere uscire dalla cucina quattro camerieri con altrettante cupole d'argento.

«*Ouvrì* le cupole!», urlò Garaque, battendo su un gong thailandese quando furono all'altezza di Kluksmann.

Le cupole erano l'arma prevista per eliminare il nemico numero uno del Megapresidente.

Kluksmann, colpito da una cupolata bestiale in fronte, cadde rumorosamente sul pavimento.

«Oh, *mon dieu!*», si scusò falsamente trattenendo a stento una risata Garaque, che sperava che l'ospite fosse defunto. «*Pardòn,* dottore! Cosa vuole, sono i tipici incidenti che capitano a chi s'accosta alla *nouvelle cuisine*».

«Ma state attenti, vacca troia! Ho rischiato una frattura cranica», disse rialzandosi a fatica Kluksmann.

«Fate attenzione con queste cupole, che stavamo per perderlo! Imbecilli che siete!», urlò isterico Gabriella.

«Prima di addentare questo piatto che non conosco, voglio sapere che cosa mangio! Mi suona davvero male *"merd e cloaque"*».

«Un momento, glielo faccio dire da Primo, il cameriere... su, dichi lei!», lo incitò il novel-ristoratore.

«Dunque, dovrebbe essere... sono quasi sicuro... anzi, penso che sia... no, non ne ho la più pallida idea, ma domando subito in cucina», bofonchiò sudando il primo cameriere, che si diresse a parlare allo chef.

Da dietro le porte a spinta s'udì un tumulto.

Era in atto un diverbio violento con scazzottate tra cuoco e cameriere.

«Son cose vaghe, il nome non significa niente... lo sai che uso dei preparati precotti congelati... che cazzo ne posso sapere io sulla provenienza degli ingredienti che propino ai clienti? Primo, improvvisa, inventa tutto, snocciola quel che ti passa per la testa...»

Il cameriere rientrò in sala con la manica della giacca strappata e gocciolando sangue dal naso.

«Lo chef ora telefona in Boemia a casa di quell'emerito figlio di puttana carogna di Gourmandise», ansimò, «e poi... ma ci vuole un po' di pazienza... abbiate pietà Eccellenza Cliente, io non so davvero cosa ci sia dentro.... lei doveva rimanere vittima delle circostanze... io non sono in grado di reggere la prova! Garaque, continui lei, io rinuncio all'incarico!»

Così dicendo, se ne uscì in strada per farsi travolgere dal solito rullo compressore in attesa.

«Siamo fortunati, quello era uno stronzo. Allora, andiamo avanti: *Sautée mescolé à soufflet de mièl d'Aragonne!*», recitò il secondo cameriere, che di nome faceva Secondo.

«Ma cosa intendeva dire quello, quando affermava che io sarei dovuto *"rimanere vittima delle circostanze"*?», chiese incuriosito Kluksmann, guardando con tono inquisitorio Gabriella e Garaque.

Entrambi, visibilmente colpevoli, sbiancarono e cercarono di mimetizzarsi con le pareti.

«Quel piatto che mi sembrava una cagata pazzesca, la... *Gran trouffe del kaz,* non la voglio mangiare. Di questa portata voglio sapere invece di che si tratta e, soprattutto, *non voglio cupole!*», sentenziò perentorio Kluksmann.

Dalla cucina giunse la voce cinguettante ma volgare dello chef.

«Ma andate tutti a dare via il culo! Non ci penso proprio a dirgli cosa metto nei miei piatti!»

«Ma certo, altrimenti sarebbe una beffa...», rispose nel frattempo Garaque al suo ospite neolinguato.

Entrarono due nuovi camerieri tremanti, Terzo e Quarto, reggendo altrettante cupole.

«Stupidini, non vuole le cupole!», urlò Garaque, camuffando l'ansia per essere in tal modo impoverito della sua prediletta arma d'offesa.

Dalla cucina, dopo ulteriori bestemmie dello chef, uscirono altri due camerieri, Quinto e Sesto, reggendo ora un megapiatto di *Escargots de Bourgogne in Crème Brûlée.*

«Eccellenza, gusti e dichi», lo esortò Garaque.

«Sì, ma voglio sapere quello che mangio!»

«Dunque, cominciamo con il dire...»

«Niente *cominciamo* Garaque, me lo dica subito!»

«Vede... se glielo dico, magari le prende un conato di vomito. Queste sono le regole fondamentali della *nouvelle cuisine*: lei assaggia ben disposto, indovina e... e se intuisce, anche in maniera vaga, quello che mastica, vince una posata d'argento».

Kluksmann s'avventò con un balzo su di lui, prendendolo per la gola.

«Adesso tu, cialtrone, vieni con me in cucina e fai parlare lo chef!»

Lo trascinò nel regno dei cuochi, spalancando le porte con un calcio.

«Vuole sapere che cosa c'è nei piatti, altrimenti non mangia...», miagolò Garaque.

Appena videro i due, il secondo chef e gli otto aiuto cuochi, in maniera scomposta, si tolsero prontamente dall'imbarazzo: tre si autodefenestrarono, uno saltò nella pentola d'acqua bollente insieme alle aragoste, quattro si barricarono dentro la cella frigorifera travestiti da eschimese e il secondo chef scomparve gettandosi nella grande impastatrice di pan brioche.

«Ma che cazzo succede?», domandò Kluksmann.

«Signore», implorò Garaque, «mi liberi il collo che così ci spiego... grazie. Questo comportamento è... è dovuto al fatto che per lei il personale ha una grande soggezione. Tutti sanno che lei vince annualmente la *Vipera di diamante*», disse mentendo e sapendo di mentire.

«E allora?»

«La sua presenza li mette a disagio, sì, ecco... e hanno deciso di prendersi una vacanza improvvisa. Ma non si preoccupi, la cena va avanti, il capo chef è rimasto ed è a sua disposizione».

«Dov'è?»

«Si è nascosto nel grande forno».

«Ma è vivo?»

«Il forno è spento, non abbia paura, è un uomo che ha un grande senso del dovere. Ci è andato solo per riposare. Ha avuto una nottataccia... Guardi...», disse aprendo lo sportello.

Ne uscì disperato lo sguattero.

«Maeei, a mia via è speaa», piagnucolò buttandosi nello scivolo della spazzatura.

«Ma che ciribiribinchia ha detto?», chiese Kluksmann.

«*"Maledetti, la mia vita è spezzata"*. Non ci facci caso, allo sguattero, questi maledetti dipendenti approfittano di ogni occasione per ricattarci».

Poi infilò la testa nel forno.

«Capo chef, almeno lei sii serio: eschi e cucini!»

Si rivolse poi all'esterrefatto polacco.

«Torni pure al suo posto, Eccellenza, che la cena continua».

L'altro tornò in sala ristorante.

«Signore, che diavolo succede?», chiese timoroso Gabriella nel vederlo ritornare.

«Non lo so ancora...», ribatté perplesso il suo Gran Maestro di cinismo.

«Ed ecchi a voi il nostro piatto più rinomato: *Il Pil!*», esultò Garaque, seguito dallo chef, che reggeva un piatto monumentale... e senza cupola.

«Ne annunci il contenuto!», gli urlò Garaque».

Quello respirò profondamente e poi partì con la descrizione, finalmente, degli ingredienti.

«Grande coscio di bue disossato ripieno di tre tipi di carne macinata: renna, maiale tirolese, montone turco, patate dolci americane e un pisello».

Si avvicinò al tavolo, mentre tutti gli altri clienti uscivano prudentemente dal locale, subdorando le tragiche conseguenze dell'ira di colui che veniva servito in quel momento.

Appoggiò trionfalmente il piatto al centro della tavola.

«*Et voilà!*»

In mezzo al grande piatto d'argento c'era solo un pisello verde, leggermente al dente.

«E il resto?», ringhiò Kluksmann.

«Il resto non c'è, perché serve a insaporire il pisello che, così, è inebriante, afrodisiaco e prende alla testa... pensi, un nostro cliente affezionato ci ha onorato di un suo mortale ictus dopo aver mangiato il nostro pisello!»

Kluksmann si avventò ululando su Garaque prendendolo per le narici, mentre lo chef era salito in camera a far le valigie con destinazione Galapagos.

«Ora la prendo io, per la testa: le strappo naso, guance, palpebre, orecchie e irroro la sua maschera di sangue con del tabasco messicano, che porto sempre con me per queste occasioni!»

Lo spettacolo che si presentò dopo pochi minuti era terrificante, con schizzi di sangue che arrivavano fino al soffitto.

Garaque emise uno strano gorgoglìo.

«Gabriella, andiamo, questi sono degli imbecilli. Ho evitato un trauma cranico con quelle loro cupole maledette e a momenti, dalla rabbia, mi facevo venire un mortale coccolone», disse Kluksmann, rimettendosi in tasca la boccetta di tabasco. «E pensare che per me il *Pil* è sempre stato il 'prodotto interno lordo', non quella stronzata della cucina francese!»

Gabriella, che era a conoscenza dell'intrigo, non osava guardare il polacco.

Salirono sull'auto e Kluksmann buttò la lingua insanguinata dello sguattero all'autista.

«Tieni, e non dire che non sono generoso».

Sotto, nel sottosuolo della fortezza, il Presidente di Lana stava ghignando e gongolando, certo che, questa volta, i suoi sgherri idioti fossero riusciti, con la complicità del Cretino, a fottere Otto la Vipera.

«Chiamatemi Chez Garaque! Questa volta ci siamo certamente liberati di quel maledetto. Pronto? Garaque? Ma come parla? Cosa? Ha perso la faccia? Si vede anche il teschio? E il personale? Come, svanito? Garaque, lei è uno stronzo colossale».

Buttò giù il telefono spaccandolo in mille pezzi.

«Consiglieri, siamo fottuti!», concluse.

13
LEZIONE DI VITA ALLA TAVERNA DEL SUDDITO

Era quasi la mezzanotte. Per le strade di Megaditta, a quell'ora, le uniche luci consentite erano quelle dei potentissimi fari di sicurezza a luce gialla, collocate dal paranoico Megapresidente tutt'attorno al perimetro delle mura di granito alla base della fortezza, in modo da avvistare e controllare ogni possibile pericolo.

Nelle strade buie apparvero all'improvviso i fari della Fiat Polski 132P della Vipera, che bucarono le tenebre.

L'occhio attento di un osservatore poteva comunque notare alcune deboli luci giallorossastre sbucare tremolanti dai coperchi dei tombini, seguendo il percorso di marcia dell'auto di Kluksmann: erano gli occhi malevoli e vigili dei nani spia dei Servizi Segreti del Megapresidente.

La macchina girava nel silenzio più assoluto nelle strade deserte, poiché gli abitanti erano da ore barricati nelle case a causa del coprifuoco, che iniziava ogni giorno alle 17 e durava sino alla mattina dopo alle 7 e 45, ora in cui le canne del megaorgano presidenziale davano il via all'attività lavorativa dei sudditi.

Durante il coprifuoco, chi guardava il televisore sull'unico canale statale, chiamato *La voce del padrone*, si poteva far condizionare e ammansire dal solito discorso registrato a funzione ipnotica del Megapresidente, che appariva quotidianamente ai suoi poco amati sudditi in veste di Guru presidenziale.

Nei panni di irreprensibile Precettore spirituale, Guerrin Arturo Santamaria, vestito con un'avvolgente candida tunica e con il turbante d'ordinanza, parlava loro con voce suadente.

«Sudditi miei fedelissimi, indispensabili e insostituibili suddite... sapete quanto Io vi voglia bene e quanto pensi unicamente al vostro benessere. Quindi, siatemi sempre riconoscenti, come i figli con i genitori. Vi ricordo quindi i vostri doveri...»

Alla parola *doveri*, mentre passava l'auto di Kluksmann con i finestrini aperti, dal terzo piano di un misero condominio per soli sudditi con mansioni artigianali si levò, nel silenzio totale, la voce gracchiante di un vecchio.

«Caro il mio Alì Babà, perché non ci ricordi anche i nostri *diritti*?»

In men che non si dica, i nani spia, origliando dai tombini, avevano immantinentemente informato dell'eresia appena pronunciata il Megapresidente.

Subito si udirono le sirene di due auto nere della gendarmeria, che poco dopo frenarono con straziante stridìo davanti al condominio.

Anche l'auto di Kluksmann, che stava passando nei paraggi, si fermò, poiché i suoi occupanti volevano vedere come sarebbe andata a finire.

Si spalancarono le portiere delle auto nere e subito balzarono fuori i gendarmi con una muta di cani da battaglia sbavanti al guinzaglio.

Sfondarono a calci il portone del palazzo, salendo di corsa le scale sino al terzo piano.

La porta del vecchio artigiano venne fatta a pezzi con un'ascia, senza troppi complimenti. Si avventarono su di lui e, senza elencargli i suoi diritti, enunciarono subito sentenza e condanna.

«Sei fregato, vecchia merda di un eretico! Sei accusato d'aver messo in discussione le sante e amorevoli parole del Gurupresidente. Non verrai arso vivo, ma sarai internato a vita nel *Manicomio dei dissidenti ed eretici* che si trova all'ottavo piano della fortezza!»

«Non era la mia voce!», urlò il tapino. «Io sono un pensionato e non ho mai detto le cose che penso... non sono mica scemo! E poi non esiste alcun ottavo piano alla fortezza, io lo so bene, sono uno di quei 10.000 artigiani costruttori che hanno lavorato gratis per tre anni a pane e acqua per edificarla».

«Ennesima eresia! Tu non credi all'ottavo piano! Ben ti sta, l'internamento!»

Così dicendo, lo trascinarono in strada e lo buttarono in una gabbia di vimini.

Di fronte a questo spettacolo violento, Gabriella inorridì.

Scese dall'auto e si diresse ad ampi passi verso il capo dei gendarmi, seguito docilmente da Kluksmann, che non si sarebbe perso la scena per nulla al mondo.

«Signori, buona sera. Mi permetto di interrompere il vostro lavoro per farvi cortesemente notare che questa è una crudele repressione poliziesca!», esordì rivolgendosi al rappresentante dei *Servizi di repressione*. «Questi sudditi disgraziati lavorano una vita intera, mal pagati, senza nessun apprezzamento, per poi alla fine dover sottostare a delle leggi spietate. E se solo osano dire mezza parola...»

«Gabriella, cosa mi fai adesso, il rivoluzionario progressista?», lo interruppe con un sorriso Kluksmann. «Caro mio, agli inferiori non bisogna concedere diritti di nessun tipo. È l'unico modo per tenere oliata la macchina del Potere. Se qualcuno osa la minima critica ci sono solo due mezzi: il tritacarne centrale o il manicomio a vita, dove i tapini sono sottoposti, naturalmente per il loro bene, a un costante lavaggio del cervello».

«Ma dottore, il suo mi sembra un atteggiamento vagamente reazionario...»

«Io *sono* reazionario, e anche cinico! Secondo te, mentre costruiva la grande piramide di Cheope, Ramsete II li faceva frustacchiare ogni tanto i cosiddetti operai? No, caro il mio Gabriella, li faceva invece opportunamente frustare a sangue fino ad ucciderli e poi li faceva seppellire tra quei massi giganteschi. Ma non morivano per le frustate, no, ma perché, a quelle temperature infernali, non gli davano neppure un goccio d'acqua. Vedrai, vedrai, quando conquisterai anche solo un briciolo di potere capirai che sono queste le regole della nostra salvezza: l'uomo di potere, di fronte alla minaccia, reale o presunta che sia, piccola o grande, vicina o lontana, reagisce sempre e comunque per eliminarla. Qualunque siano le conseguenze. Che c'è, ti vedo un po' perplesso».

Ma più perplesso era il capo dei gendarmi, che li guardò con quell'espressione schifata che fanno i gendarmi di fronte alle disquisizioni filosofico-antropologiche che mal si conciliano con il loro pragmatismo.

«Lasciamo questi due ai loro discorsi», ordinò ai colleghi e ai cani. «Portiamo il vecchiaccio al manicomio e andiamocene finalmente a dormire».

Il Cretino, però, non contento per la risposta, volle insistere nelle sue riflessioni.

«Eccellenza Vipera, lei mi vede perplesso, ma io sono quasi spaventato. Vede, io al sesto piano della fortezza mi sono diplomato – con una certa difficoltà, lo ammetto – alla *Scuola per dirigenti da dirigere*. Lì mi hanno insegnato che i capi, con gli inferiori, sono buoni, generosi e comprensivi».

«Ma la realtà dei fatti, fanciullino mio, non ti ha forse dimostrato in seguito che quelle erano solo pedagogiche prese per il culo? Senti, Gabriella, continuare a parlare mi mette fame. Fermiamoci a mangiare un boccone, che in quel posto di merda di prima non ho toccato cibo. Ti voglio informare ancora su quali siano i comportamenti per raggiungere il Potere e il Successo... Ecco! Andiamo verso quell'unica porta illuminata. La ragione mi dice che è un locale aperto al pubblico».

«Dove lo vede?», chiese il Cretino idealista e ammansito strabuzzando gli occhi.

«È laggiù, a 200 metri da noi».

Salirono in macchina e ridiscesero poco dopo, di fronte alla porta di una casa a due piani su cui una scritta in ceramica indicava: *La taverna del suddito*.

Kluksmann e Gabriella bussarono insieme.

«Chi è?», domandò una voce terrorizzata e guardinga, vista l'ora.

«Amici!», risposero con la prima cretinata che venne loro in mente.

«Spiacenti, siamo chiusi...»

«Perché?»

«È il nostro giorno di riposo».

«Proprio oggi?»

«Noi teniamo chiuso tutta la settimana... tornate fra due anni».

A quelle parole Kluksmann, che non ammetteva alcun genere di rifiuto, sfondò con un calcio la porta.

La taverna, che avrebbe dovuto essere chiusa, in realtà era stracolma di decine di sudditi gozzoviglianti, che dai loro tavoli imbanditi guardarono gli sfondatori dell'uscio con la bocca piena spalancata e con le forchette a mezz'aria.

«Che allegria!», ghignò Kluksmann. «Tranquilli, tranquilli, esseri inferiori, vogliamo solo mangiare un boccone. Vieni, Gabriella, non mi sembra un posto alla moda, ma la fame, a volte ha la necessità di essere democratica. Sediamoci qui. Oste bugiardo della malora, dicci che c'è di pronto!»

Arrivò un disgraziato che sembrava in preda al *delirium tremens*.

«Signore potente, questa sera non abbiamo preparato nulla che possa essere alla Sua altezza».

Kluksmann si guardò in giro e vide che tutti mangiavano mugolando dal piacere.

«Portami quello che mangiano quei luridi proletari! Subito! E senza cupole!»

«Non ho capito, senza cosa?»

«Non rompere i coglioni e porta tutto quello che il tuo cuoco ha cucinato!»

In 27 secondi arrivarono, colpiti da una tremarella familiare da terrore, l'oste con una brocca del miglior vino rosso della taverna, la moglie e i tre figli con piatti pieni d'ogni ben di dio. Si era unito alla comitiva il cugino Achab, eterno bocciato alla *Scuola alberghiera per la ristorazione degli inferiori*, senza piatti né vino, solo perché aveva imparato che *"il ristorante è come una nave e quando c'è il pericolo che affondi, il capitano non l'abbandona"*.

«È un onore averla qui, Moby Dick, lei è nostro graditissimo ospite», mormorò Achab.

«Questo è scontato!», ruggì Kluksmann. «Ma io mi chiamo Otto Kluksmann e non si azzardi a sbagliare una seconda volta! Piuttosto, è meglio che sappiate che dovrete pagarmi 1.000 talleri coniati con il volto di Maria Teresa d'Austria, per avervi onorato con la mia presenza. Accetto anche cambiali, ma non assegni post-datati. Ora, mettete sul tavolo vino e cibo e lasciatemi solo con il mio amico. Allora, Gabriella, è arrivato il momento di dirti esattamente come stanno le cose».

La famiglia corse in cucina per racimolare quei pochi soldi e assegni messi da parte per comprare alla figlia la dote. Fu in quel momento che entrò, facendosi largo tra i rottami della porta d'ingresso sfondata, l'autista di Kluksmann.

«M'ha ricucito!», urlò felice, «il veterinario mi ha riattaccato...»

«Oste della malora! Sbatti fuori quello scemo del mio autista che mi sta interrompendo!», intimò Kluksmann con la bocca piena.

L'autista venne scaraventato fuori a calci nel sedere da due sguatteri nerboruti.

«Dunque, Gabriella», riprese Kluksmann, «la cosa che devi sapere è che i potenti sono dei grossi imbecilli, ma degli imbecilli molto furbi. Fin da giovanissimi capiscono di non avere le qualità per fare i dottori, i pittori, i cantanti, i calciatori... insomma, di non essere adatti per raggiungere un minimo di successo seguendo le strade abituali del talento, della fatica e della sana competizione. Però sono... *siamo*, delle carogne disposte a tutto. Per questo, a volte, ci travestiamo da buoni, da santi caritatevoli, da fratelli maggiori. Fingiamo abilmente di essere intelligenti e anche fedeli amici, affidabili e onestissimi, mentre fin da bambini rispondiamo a un istinto perverso: rubare tutto quello che vediamo, secondo l'imperativo *"Voglio, sempre voglio, fortissimamente voglio!"*. Questo succede a scuola, nelle case degli amici, nei negozi e nelle chiese».

«E che rubate, pardòn, *rubano* nelle chiese?», chiese il Cretino.

«Candele, elemosine, ex voto e paramenti sacri. Ovviamente, tutta roba a suo tempo rubata prima dai preti, che credono solo per opportunismo in Dio e nei suoi precetti, e si sentono così legittimati a rubare ai fedeli, soprattutto a quelli ciechi e storpi, in ricordo del cieco Bartimèo di Gerico miracolato da Gesù e dello storpio di Lidda guarito da san Pietro. Il genere peggiore di individui che bramano raggiungere il potere sono i *finti buoni*: girano per le strade anche di notte come cani rognosi. Il finto buono ha sviluppato un olfatto speciale e, quando sente l'odore immondo di un potente, che per lui è profumo soave, comincia a seguirlo implacabile, facendosi vedere umile, accondiscendente e, soprattutto, cretino, fino a che il potente di turno si volta e gli domanda: *"che cosa vuoi da me, cane maledetto?"*. E quello, prontissimo, risponde: *"abbia pietà di me, Eccellenza, io ammiro la sua bellezza e la sua intelligenza, mi conceda di seguirla muto cercando di far tesoro..."* E quello: *"Sì, d'accordo, ma non chiedermi favori, tieniti a distanza di sicurezza di almeno 300 metri e, quando mi senti schioccare le dita, ti devi avvicinare rapidamente e, piegato in avanti, sparare urlacchiando una serie di complimenti"*. E quello: *"E quali complimenti, Eccellenza?" "Andiamo, non mi rompere i coglioni, non fare il cretino, che li conosci benissimo!"* Devi sapere che i potenti non dicono *mai* la verità, né quello che pensano. Devi imparare a capire esattamente quello che intendono fare veramente. Cioè sempre l'esatto contrario di quello che dicono. Ti faccio degli esempi: *ti voglio bene* va tradotto in *ti odio. Mi sei molto simpatico* in *mi stai sui coglioni. Ti prometto tutto il mio appoggio* diventa *farò di tutto per rovinarti.* Anch'io ero un imbecille, diventato poi potentissimo. Quindi, tutto questo è a premessa per il mio consiglio nei tuoi confronti: trovati... anzi, direi che lo hai già trovato, il *tuo uomo.* I miei sono solo i suggerimenti di un vecchio di potere che sa che prima o poi dovrà cedere il passo... credo comunque che tu queste cose le sappia, ma lasciami pensare di non aver mai incontrato sulla mia strada un finto buono. Fingi, sempre e comunque, e allineati al Potere di turno. Se serve, fingi anche di credere in Dio o in qualunque altra divinità ti venga proposta, se questo serve a farti salire sullo scranno del Potere. E poi – importantissimo – ogni primo venerdì del mese fai la Comunione».

«Ma io non credo in Dio», protestò Gabriella.

«È invece indispensabile! Ora, è meglio che ci alziamo. Oste della malora, noi ce ne andiamo. Il tuo cibo è una vera schifezza».

Così dicendo, si alzò dal tavolo seguito dal Cretino.

Prima che varcassero quel che restava della porta, l'ostessa raggiunse Kluksmann e gli consegnò un foglietto.

«Signore potentissimo», balbettò, «lei è naturalmente nostro ospite, ma qui ci sarebbe il conto del signore che è stato al tavolo con lei...»

«Sudditi presenti!», urlò con tono offeso Kluksmann. «Vi rendete conto cosa vuole da me questa lurida bagascia? Che io paghi!!! Sono quarant'anni che non pago neppure un caffè, in ogni parte del mondo io vada. Facciamo così, stupidina: decido io ora chi pagherà il conto al mio posto...»

Si guardò intorno e, mentre tutti si nascondevano sotto i tavoli, indicò un omuncolo rinsecchito e macilento seduto con lo sguardo perso nel vuoto a un tavolo in fondo, vicino alla porta del gabinetto, dove ogni 10 minuti andava a svuotare la vescica che non gli funzionava più da anni.

«Tu! Mi sembri il più povero di tutti... Paga, o ti faccio ingabbiare nel vimini e condurre al Manicomio. Ah, oste del malanno, non scordare i miei 1.000 talleri. Io aspetto fuori».

Kluksmann e Gabriella uscirono dal locale.

«Sai cosa ti dico, Gabriella, meglio questa cucina da sudditi, che quella presa per il culo della *nouvelle cuisine!* Ma non è mai il caso di fare complimenti sinceri agli inferiori», disse il polacco al Cretino.

Dalla Polski parcheggiata a poche decine di metri arrivava alle loro orecchie il canto di felicità dell'autista.

«Lalla lalla lalla là! L'hai capito il ritornello? Lalla lalla lalla là, la mia lingua eccola là!»

«Bisognerà provvedere a un'altra amputazione», disse scuotendo la testa Kluksmann, «e a far chiudere anche l'ambulatorio di quel veterinario linguologo».

Dalla porta della taverna uscì in quel momento l'ostessa, che reggeva un cestino con i talleri d'oro.

«Ecco a lei, Signore potentissimo», disse porgendoli con riverenza a Kluksmann.

«Hai fatto il tuo dovere, donna», disse Gabriella, e fu lui ad arraffare e a intascare i talleri chiusi in un sacchetto.

Salirono in macchina.

«E ora», proclamò Kluksmann, «non mi resta che dirti quali sono i modi per eliminare gli uomini di potere che incontrerai lungo il tuo percorso, senza venir accusato del loro omicidio».

«Tralla là lallallero... lalla... ma che lingua ha questo qua!», continuava intanto l'autista al sommo della gioia.

«Controllati, autista, nella tua lallazione, o ti amputo di nuovo!», sbraitò Kluksmann.

«Mi scusi, se permette e mi perdona d'aver origliato, le suggerisco la chiesa!», disse collaborativo l'autista.

«E la chiesa sia!», ri-sbraitò Kluksmann.

Ad alcuni chilometri fuori la città di Megaditta, sulla grande pianura, la lunga auto nera si fermò di fronte a una piccola chiesa in pietra a vista.

«Eccola», disse l'autista, «le piace?»

Kluksmann scese senza rispondere, alzando gli occhi.

C'era la luna piena. La montagna era libera dalle nubi e poté così osservare la fortezza, illuminata dalle luci di sicurezza.

«Gabriella, è vero che il vostro Presidente vive solo ai piani alti?», chiese.

«Sì, al settimo piano».

«Vista dal basso Megaditta fa un certo effetto, a voi sudditi certamente fa paura, ma dentro deve riservare molte sorprese».

«Non poche», confermò il Cretino.

«Bene! Oggi, che è finalmente arrivato il giorno del mio incontro con Lui e con il Consiglio, avrò anch'io le mie sorprese... Vieni, entriamo in questa chiesa».

Erano le 2 di notte. Le pareti di granito della fortezza erano illuminate a giorno dalle luci di sicurezza intorno al grande ottagono, piazzate oltre il profondo fossato pieno d'acqua.

Il silenzio imposto dal coprifuoco era rotto solo dal sinistro sciabordìo prodotto dal nuotare dei 42 caimani venezuelani, dei 12 coccodrilli del Nilo e di un numero imprecisato di serpenti velenosi acquatici recuperati dai nani nel mare che circonda la barriera corallina australiana.

Tutte queste bestie erano in perenne attesa di carne fresca lanciata dalle finestre della fortezza.

Solo i piraña, a causa dell'ultima indigestione causata da carni del Canton Ticino, se ne stavano invece nascosti tra le alghe, a smaltire i dolori di stomaco.

Al piano terra di Megaditta, nella piazza di fronte alla cattedrale dedicata al Guru Guerrin Arturo Santamaria, che di frequente andava a suonare l'organo mastodontico, comparve una donna vestita in lutto.

Stava uscendo di soppiatto dalla cattedrale, ma venne subito inquadrata dal riflettore di una delle quattro auto della pattuglia di sorveglianza.

Uno dei soliti megafoni d'alluminio d'ordinanza ruppe il silenzio.

«Ferma lì! Mani dietro la nuca! Mostri i suoi documenti con le impronte digitali e il permesso di uscita notturna straordinaria!»

«Imbecilli straordinari! Se tengo le mani dietro la nuca, come faccio a prendere i documenti?», disse con voce baritonale togliendosi il velo da lutto sulla testa. «Sono Io, scemi, in uno dei miei innumerevoli nonché più riusciti travestimenti! Ora vesto i panni della Madre disperata di un bambino tossicodipendente sgozzato ieri!»

I gendarmi ammutolirono.

«Abbia pietà di noi, signora Madre...», si scusò il capo pattuglia con il megafono in mano. «È per noi sudditi difficile riconoscerla in tutti i suoi geniali e riusciti travestimenti...»

La Madre Disperata tirò fuori un fischietto d'argento ad ultrasuoni per cani e, in men che non si dica, arrivò al suo cospetto un gruppo di nani gobbi, avvolti da tute aderenti di pelle bianca e lucida, indossata per confondersi con il pallido riflesso della luna piena.

La Madre Disperata indicò con un indice minaccioso il capo pattuglia, che sbiancò.

«È lui! Portatelo in alto e gettatelo giù!»

L'acqua del fossato si animò subito quando i caimani venezuelani, i coccodrilli del Nilo e i serpenti velenosi delle acque della barriera corallina australiana riconobbero quella voce.

«Mi raccomando, nani: non dalla parte dei miei adorabili piraña, che stanno smaltendo l'Adamo di Lugano!», si premurò d'avvisare la Madre.

Sei minuti dopo, il tempo di raggiungere il settimo piano, da una delle feritoie della fortezza si vide il biancheggiare delle tute dei nani e poi il precipitare di un corpo nudo.

La notte buia venne squarciata dall'ultima disperata frase del gendarme in agonia.

«Puttanaccia Eva, come facevo a riconoscerlo! Era una *new entry*, non si era mai travestito da Madre!»

La Madrepresidente aveva osservato tutta la scena e ora sorrideva compiaciuto.

Gli si s'avvicinò il capo dei nani, rimasto al piano terra a dirigere la squadra con il walkie talkie d'ordinanza.

«Madre, soddisfatta dell'operazione?»

«La prossima volta siate più veloci, o vi ordinerò di gettarvi tutti nel fossato. E ora, visto che quegli stupidi gendarmi mi hanno pericolosamente smascherato, portatemi a casa, facendomi da scudo con i vostri miseri corpicini», ordinò rimettendo il fischietto d'argento in tasca.

Condotto in una delle molte sue stanze da letto, la Madre si tolse il lutto e indossò un vezzoso pigiama antiproiettile di color verde pisello.

Si buttò con un balzo atletico sul letto, cercando tra le lenzuola il telecomando.

«Dove avete messo il telecomando?», si lamentò Pigiamino Verde.

Entrarono quattro madri-fattorino in lutto con in mano ognuna un telecomando.

«Mamma, ecco il telecomando!», gridarono tutte assieme le prefiche, piangendo, lamentandosi e strappandosi i capelli.

«Ne basta uno!», disse il Megapresidente in pigiama corazzato.

«E... degli altri che ne facciamo?», chiese una madre-prefica.

«Li sgranocchiate qui, in mia presenza, o vi faccio fare una nuotata notturna giù al gran fossato. A proposito, siate più veloci: ho cambiato travestimento».

Mentre accendeva il televisore, le madri in lutto, dopo aver indossato a loro volta il pigiamino verde pisello, cominciarono a masticare molto lentamente i loro telecomandi.

«Voglio sentire mugolii di gradimento per quello che state inghiottendo. Sono stufo dei vostri finti pianti. Qui non è *ancora morto nessuno*!», annunciò profetico.

Quando il Pigiamapresidente non sentì più i mugolii di piacere per quel nuovo cibo, chiese ulteriori ragguagli ai fattorini.

«Com'erano i telecomandi? Ne volete altri?»

«Straordinari! Quasi quasi cambiamo abitudini alimentari», dissero all'unisono i tre.

Il quarto non aveva parlato. Era cianotico e respirava a fatica.

«Aspetto il tuo giudizio...», disse nervoso il Pigiama.

«Mi spiace, non riesco a parlare», mugolò a fatica il poveraccio, «ho un telecomando che mi si è conficcato nella trachea».

Detto questo, schiattò.

«Buttatelo nel fossato», ordinò agli altri tre, che approfittarono dell'incombenza per sparire.

Rimasto solo, si mise a fare *zapping*.

In quel momento, entrò senza bussare un nano emulatore, vestitosi appropriatamente con un pigiamino verde pisello.

«Scusi se la disturbo, mio amato Presidente impigiamato. Ho saputo ora dai nani dei tombini che il nemico è andato a cena alla Taverna del Suddito».

«Bene, conosco quel fetido locale, è gestito da una famiglia di poveri inferiori. Hanno anche un nipote monomaniaco che pensa di essere il capitano Achab. Di certo, dove non hanno avuto successo le cupole e la cucina di Garaque, lo avranno avuto i loro piatti proletari!», affermò speranzoso Pigiama.

«No, perché hanno mangiato come dei maiali, non hanno pagato il conto e sono addirittura riusciti a farsi pagare!»

«Ma quel Cretino, a che gioco sta giocando? E i nostri collaboratori, possibile che non riescano a fermarlo? Dov'è quel maledetto polacco, ora? Sono quasi le 3 del mattino e alle 7 non ho nessuna intenzione di incontrare Otto Kluksmann!»

«Da fonti sicure ho saputo che sono giunti in auto fino alla pianura al di là del fossato. Hanno raggiunto la *chiesa anarchica di liberazione*», aggiunse il nano.

«Teneteli d'occhio. Ora però lasciami dormire alcune ore, sennò non sarò in grado di reggere il confronto con il mio mortale nemico».

Così dicendo, il Megapresidente congedò il nano e se ne tornò a letto.

14

IN CHIESA

Dentro la chiesa c'era pochissima luce. Solo una decina di candele rosse illuminavano un altare laterale, di fronte al quale sostava un gruppo di persone in abito grigio scuro.

Kluksmann si avvicinò al gruppo e s'inginocchiò con apparente devozione, producendosi in un teatrale segno della croce.

«Ahi, ahi me! Quale dolore provo io, ma se penso che sei Dio...», lacrimò. Poi, rivolgendosi a Gabriella che lo osservava esterrefatto, aggiunse: «Concludi tu, amico mio, che mi mancano l'ispirazione e la rima».

«Ma, Eccellenza... allora lei *crede*?»

«No! *Fingo*, come tutti gli uomini di potere. Mi pare d'avertelo già detto! Dammi una mano e tirami su, che andiamo a salutare questi fedeli grigiovestiti».

Si avvicinò al gruppetto di persone.

«Lor signori sono credenti?», domandò con gentilezza, incline a non credere alle apparenze.

«No, noi siamo atei», lo informò uno di loro.

«E che ci fate qui?», insistette il polacco, con tono dolce come la melassa.

«Non vede? Si sta officiando un matrimonio».

«Alle 3 del mattino?»

«Sì, perché questo è un matrimonio atipico».

«Ah, capisco, è un matrimonio atipico... E dov'è la sposa?»

«Niente sposa», spiegò il sacerdote officiante, «è un matrimonio tra vecchi compagni di scuola. Questi signori si erano persi di vista per vent'anni, ma il loro amore, sbocciato tra i banchi in gioventù, ha resistito all'usura del tempo. Ed eccoli qua, pronti a coronare il loro sogno d'amore!»

«Fuori, peccatori!», tuonò Kluksmann, «così offendete nostro Signore».

Gabriella allora gli sussurrò in un orecchio come stavano le cose a Megaditta.

«Eccellenza, lei non lo sa ancora, ma qui in Megaditta delle leggi innovative permettono da qualche tempo di praticare liberamente unioni anche tra persone dello stesso sesso; è consentita pure la delazione, che ha aumentato a dismisura il numero di confidenti dei gendarmi, dei nani spia e dei pentiti. Il magnanimo Megapresidente – bontà sua – concede una volta alla settimana i furti nei supermarket e le partite di caccia notturne alle giovani mogli dei sudditi che non rispettano il coprifuoco».

«Ecchissenefrega! Me ne fotto di queste leggi che servono solo per ammansire gli inferiori. Fuori tutti! Voi offendete la mia profonda fede in Dio Onnipotente!»

Il gruppo del 'matrimonio anomalo' uscì impaurito.

«Ma allora la sua fede è sincera?», chiese meravigliato Gabriella.

«Senti, Cretino, ma mi hai ascoltato bene, sino ad ora? Mi pareva di essere stato abbastanza chiaro circa l'esigenza dei potenti di millantare la fede... sono usciti tutti, compreso il prete? Io mi siedo qui, su questa sedia, e tu lì».

«Per terra di fronte a lei?»

«No, cretinaccio, mettiti comodo. È giunto il momento che concluda per te le mie *lezioni di vita per l'ascesa al Potere.* Dunque, una volta individuato il tuo uomo, quello che ti permetterà l'ascesa al potere dovrai 'lavorartelo' con pazienza, molta pazienza. Dovrai prima muoverlo a pietà nei tuoi confronti, in modo che ti si affezioni, con frasi del tipo *"Data la mia evidente inferiorità mentale... data la mia incredibile e giusta ammirazione che ho per lei... trovo sua moglie una donna straordinaria e le sue tre amanti ufficiali attraenti in maniera imbarazzante, per uno come me, che non ha certo il suo fascino"*. Poi dovrai costruirti, agli occhi dei suoi amici e dei suoi conoscenti, un'immagine di persona di assoluta fiducia. Fatto questo, dopo aver raccolto su di lui informazioni compromettenti, con cui lo terrai in pugno – del tipo intercettazioni telefoniche con prostitute, travestiti e spacciatori –, lo sputtanerai definitivamente durante un'importante uscita in società. Ecco un prontuario come esempio di conversazione: *"Gli voglio bene come un fratello, anzi, voglio più bene a lui che a me stesso. Purtroppo, è con grande dolore che devo dirvi..."* e qui, distrattamente, tiri fuori da una tasca delle foto dove lui si fa consegnare delle tangenti, grosse buste di cocaina colombiana e altre foto a colori dove è a letto con trans brasiliani ma, soprattutto, farai ascoltare, o farai pubblicare da qualche giornale, le intercettazioni telefoniche di conversazioni con capi della malavita organizzata».

«Ma una volta distrutto l'uomo, che faccio?», lo interruppe Gabriella, che con la foga dello scolaretto prendeva appunti.

«Quando alla fine, inevitabilmente, scoppierà lo scandalo, dovrai scendere subito in campo in sua difesa, e dovrai rilasciare interviste televisive in cui apparirai indignato per gli ignobili attacchi al tuo sant'uomo. Nel frattempo, comunque, non smettere mai di raccogliere prove infamanti o, all'occorrenza, di inventartele. Quando il tuo ex idolo sarà agonizzante, abbandonato da tutti e privo del fascino malefico del potere, dagli il colpo di grazia, abbandonandolo con la frase di rito: *"Pur volendogli bene, devo, nell'interesse dei cittadini onesti, abbandonarlo nelle mani di quei delinquenti che lo hanno distrutto, certo che un giorno lo vendicherò"*».

«E poi, una volta che sono diventato potente?», chiese il Cretino, che lentamente si stava convincendo della sua prossima ascesa.

«Non ti fidare mai di nessuno. Basta, questo è tutto, ora non ho davvero più nulla più da insegnarti!»

Gabriella si sedette accanto a Kluksmann, che non poté non guardarlo con occhi diversi: quelli di chi sa di essere seduto vicino al suo carnefice.

«Stiamo qui ancora un poco, poi con calma ritorniamo a Megaditta, dove mi aspetta questo stramaledetto incontro con quel politravestito seriale di Guerrin Arturo Santamaria», concluse laconico.

Su alla Rocca, intanto, il Pigiama Verde dormiva profondamente. Ad un certo punto della notte, entrò di soppiatto nella camera il solito nano informatore.

Ma il sonno di Santamaria era leggero, come si conviene a un uomo di potere, per giunta paranoico.

«Che ci fai ancora qua?», gli urlò sbadigliando, «parla, nano maledetto!»

«Eccellenza, il prete della chiesa anarchica, gettato fuori da Kluksmann mentre officiava un matrimonio alquanto improbabile tra due ex compagni di classe, riferisce che, contrariamente a quanto tutti pensavano, il polacco è un autentico uomo di fede, ligio ai sacramenti e alla dottrina della Chiesa Cattolica... e poi ora sono già le 5 del mattino», concluse il nano.

«Non mi dirai che gli insegnamenti delle pie suore Orsoline che l'hanno allevato hanno avuto la meglio su di lui? Non mi direte che l'operazione di eliminazione portata avanti da quel cretino del Cretino si deve annullare? Otto si è convertito? Sono salvo! Sono...»

In quel momento, entrò un nano portasfiga vestito di nero, con mantellino nero d'ordinanza e cilindro con l'insegna di Megaditta.

«Megapresidente, il nemico sta marciando verso la fortezza a bordo della sua auto!», annunciò.

«Sei sicuro?»

«Purtroppo sì. Ho con me anche le foto in bianco e nero che lo attestano... Cosa dice, merito un premio per questa buona notizia?»

«Non sia mai che io ti premi trasformandoti in pasto per i miei coccodrilli e per gli adorabili piraña. Non sono mica scemo! Tanto varrebbe che rompessi uno specchio con le mie mani per aspettarmi sette anni di guai!»

«Ma io mi merito una ricompensa, è la seconda buona notizia che le porto quest'anno!», affermò piagnucolando lo iettatore.

«Se vuoi, posso farti togliere la jattura dal prete della chiesa anarchica di liberazione. Basta che io faccia una telefonata. Ma nulla di più!»

«Grazie Megapresidente, così la finiranno tutti di toccarsi dove non batte mai il sole, quando mi vedono passare», disse raggiante il nano nero, che s'inchinò e uscì in direzione della chiesa.

«Pronto Isacco, sono io, il tuo Mega! Ascolta, sta arrivando da te un orrido nano nero portasfiga: gettalo nel pozzo dei desideri, così quegli imbecilli che ancora credono ai miracoli, e gettano denaro sul fondo del pozzo, si vedranno calamitare addosso un sacco di guai... Figurati, a presto».

Così dicendo, il cattivissimo Megapresidente sapeva di essersi meritato per la settima volta consecutiva l'ambito *Scorpione d'oro*.

Qualche chilometro più in là, Gabriella e Kluksmann uscirono dalla chiesa.

«Eccellenza, saliamo in macchina?»

«Non ancora. Ho il sentore che siamo spiati... Presto, fingiamo di credere in Dio...»

S'inginocchiò e urlò la sua devozione, facendosi tre volte dei teatrali segni della croce: croce greca, croce cattolica e croce templare.

«Dio mio, unico e onnipotente, nel mio cuore sei sempre più presente!» Poi, rivolgendosi a Gabriella, intimò: «Vai avanti tu, che mi mancano gli argomenti...»

«Non mi sopravvaluti, mio unico mentore, non so davvero cosa dire!»

«Puoi dire quel che vuoi, basta che tu riesca a usare un tono oracolare-estatico. Sii creativo, qualcosa del tipo *Pio... Pio... Pio Padre Pio, vorrei che tu fossi mio zio...*»

«La prego, mi esenti da questa fase creativa».

«Perché?»

«Perché è una stronzata!», disse dal silenzio della sua macchinuccia l'autista, che stava seguendo la delirante pantomima del suo padrone.

«D'accordo», acconsentì a malincuore uno stanco Kluksmann, «ma almeno si faccia il segno della croce».

«Uncinata?»

A quella *boutade* Kluksmann sorrise amaramente.

«Ti posso dire una cosa Gabriella?»

«Certamente!», acconsentì con enfasi il Cretino.

«*Tu mi farai fuori, Giuda!*», urlò.

Dopo una manciata di secondi d'imbarazzante silenzio, uscì dalla sua bocca un urlo liberatorio.

«Alla fortezza! Lì noi credenti faremo una strage! Verseremo sangue e ancora sangue! Berremo il sangue dei nemici nei loro crani vuoti! In nome del Padre, del Figliolo e dello Spirito Santo!»

«Amen!», commentò schifato l'autista.

La lunga macchina nera si mise in moto. Kluksmann sprizzava una strana felicità.

«Un frullato di cervella è la gioia mia più bella!», cantava con divertita intonazione.

«Come è buono lei, Eccellenza», lo elogiò con una lacrimuccia l'autista.

«E stai zitto, feccia dell'umanità! Non vedi che è in fase creativa?», lo redarguì Gabriella.

«Sapete, mi ecciterebbe il rumore d'un martello contro il cranio d'un autista coglioncello», declamò Kluksmann in estasi da rima.

«Geniale, geniale, è anche poeta!», lo elogiò l'autista. «Ma dato che sono più di 24 ore che non dormiamo, non sarebbe il caso di fermarci per un sonnellino rinvigorente di poche ore?»

«Chi dorme non piglia pesci!», urlò Kluksmann con tutta la sua vena creativa.

«Meglio un pesce che una gallina», lo fomentò l'autista.

«Meglio se un'orata ai ferri!», asserì Kluksmann.

«Al cartoccio», specificò l'autista.

«Bollita con patate», dovette puntualizzare il poeta polacco.

«Senza patate ma con un filo di olio extravergine d'oliva ligure», dovette per forza dire la sua l'autista.

«Dio mio, Dio mio, ovunque sento la tua presenza... perché sei così magnanimo e pio!», cambiò registro il polacco.

«Che succede? Ha avuto un ictus?», chiese perplesso l'autista a Gabriella.

«No! Sta passando in bicicletta il guardiano delle cinque diretto alla fortezza... deve fingere un'estasi mistica. È convinto di essere spiato».

«Perché?», chiese l'impiccione al volante.

«Gabriella», disse Kluksmann, «porgimi il martello che sta nel bagagliaio, mi è venuta una voglia improvvisa di fracassare il cranio e di succhiare il cervello all'autista».

15

LA FESTA D'ACCOGLIENZA

Su alla Rocca erano scoccate le cinque del mattino. Nella *Sala dei momenti stoici e drammatici* il Megapresidente aveva radunato ancora una volta i superstiti otto consiglieri del Consiglio Segreto dei Dieci Assenti.

Per l'occasione, si era vestito come Mu'ammar Gheddafi: alta uniforme militare con al petto appuntata la foto di Olindo Servadio, l'eroe perito in difesa di Megaditta contro il potere democratico.

L'ennesima luce fioca di una candela illuminava la sala.

Il Megapresidente, torcendosi i baffetti, cominciò a parlare con accento libico.

«Signori, sono il colonnello Gheddafi...»

«Scusi, ma lei mi sembra il nostro Megapresidente», disse il femmineo riciclatore di denaro sporco, facendo vezzosamente svolazzare il vestito a fiori.

«Sì, sono io! Qualcosa in contrario? Signori, vi ho adunati per mettervi sul chi va qua».

«Si dice chi va là!», precisò con arguta pignoleria dal fondo uno dei quattro transessuali di Fortazela, che accompagnavano come al solito i compagnucci trafficanti di droga.

«Io», ruggì il Colonnello, «vado dove cazzo voglio! E mi vesto e mi travesto seguendo il mio grande estro!»

Un ladro delle isole Adamanne, che se ne stava annoiato in prima fila, ebbe l'ardire di sussurrare all'orecchio dell'altro ladro.

«Che spettacolo penoso», disse, «è ubriaco fradicio già a quest'ora del mattino...»

Gheddafi sorrise come una iena.

«Chi ha pronunciato la parola *fradicio*?», chiese.

Nessuno rispose.

«Molto bene! Questo vostro silenzio omertoso mi autorizza quindi a fare una strage! Da questo momento istituisco ufficialmente il mio personalissimo e sanguinario *Giorno della vendetta*», disse, «e vi squarterò tutti per essere sicuro di punire *anche* il colpevole».

«È lui! È lui! È stato lui!», dissero in coro.

Tutti i consiglieri erano balzati in piedi e, con gli indici tremanti, indicarono il colpevole.

Alcuni di loro, per essere sicuri di non essere fraintesi, usarono anche i pollici.

«Avanti le guardie!», abbaiò Gheddafi.

Dal buio vennero avanti due fattorini, in abiti da amazzoni libiche, reggendo la solita e improbabile gabbia-cesta di vimini per le consegne al *Manicomio dei dissidenti ed eretici*.

Il disgraziato consigliere ladro venne prontamente cestinato e condotto al manicomio.

In quel momento arrivò, consegnato nelle mani del Dittatore, un dispaccio da parte dei suoi Servizi segreti.

«Ecco, ci siamo! Il momento è solenne, siamo all'ultimo scontro. Kluksmann è uscito dalla chiesa e sta salendo alla fortezza!», annunciò con grande giubilo dopo aver letto la comunicazione.

«Alle armi, alle armi! È la guerra!», urlarono istericamente i transessuali brasiliani abbracciati ai consiglieri trafficanti.

«No! Sarebbe una follia! Dobbiamo fingere. Il Potere lo si ottiene e lo si mantiene così. Lo accoglierò come fosse un grande amico».

Ormai era l'alba.

Sorse il grande disco del sole dal lontano orizzonte della pianura e illuminò con una suggestiva luce rossa, che lentamente colorò di rosa le grigie mura, le otto torri, le piazze, le vie e le viuzze di Megaditta.

Tutti erano pronti ad accogliere il nemico-amico Otto Kluksmann.

Ad un cenno dei nani guardiaponte, scese il ponte levatoio e si aprì la porta Maggiore, che permise alla nera e lucente Fiat Polski 132P di fare il suo ingresso all'interno della fortezza.

Da una finestrella del settimo piano, in corrispondenza degli appartamenti presidenziali, il Colonnello la vide arrivare. Respirava a fatica per l'agitazione.

«Dove sono i sette membri del Consiglio?», chiese al suo seguito.

Una delle quaranta donne fattorino trasformate in Guardia del corpo del Libico, e naturalmente alle sue spalle, assieme alle altre trentanove, gli rispose in perfetto accento sahariano.

«Sono andati a dormire, Colonnello, erano distrutti. Per me lei li stressa troppo, con queste riunioni nevrotiche e anche inutili», osò dire l'amazzone.

Gheddafi si bloccò e si girò verso di lei.

«Cosa hai detto?», sibilò.

«Chi, io? Non ho parlato», si schernì la soldatessa.

«Eppure, mi era parso di sentire una voce...»

«Sì, l'ho sentita anch'io, ma non era la mia».

«E di chi era, allora?»

«Sinceramente... non lo so. Forse è stata un'impressione sonora collettiva», azzardò lei.

«Capisco che non sei in grado di capirmi. Tu non hai frequentato i corsi serali di *lezioni di vita per l'ascesa al Potere,* però te lo dico lo stesso: la situazione è davvero spaventosa, io sono in pericolo, ma non per questo lascio il campo. Mentirò e sarò subdolo come si conviene al mio ruolo e rango. Quindi, faremo in modo che quei due deficienti si illudano di trovarsi in un'isola felice, dove si sentiranno amati e apprezzati».

Gheddafi strappò dalle mani di un fattorino libico il lungo megafono di alluminio e s'affacciò alla finestrella.

«Sudditi, soldati, fedeli gobbi e nani di ogni ordine, colore e funzione... imbecilli tutti, il grande momento è arrivato! Fate vedere di che pasta malsana siete fatti: *che la festa cominci!*»

Anche se non erano ancora suonate le 6.30, da tutte le porte, i portoni e gli usci, dalle finestre, dai tombini, dalle botteghe che vendevano frutta biologica avariata al doppio del prezzo di mercato, dai negozi di souvenir e, solo per quest'unica volta, anche dal manicomio, balzarono fuori nelle varie piazze i sudditi vestiti a festa.

La creatività degli abiti confezionati in pochi minuti era straordinaria. I colori erano vivacissimi: il più usato era il giallo, poi il rosso, il viola, il violetto e il lillà.

I cappelli non seguivano regole particolari: tricorni, cilindri, baschi e pentole di rame.

Tutti erano forniti di strumenti musicali di ogni tipo: trombe, trombette, sassofoni, clarinetti, putipù e triccheballacche. Quei molti che non possedevano uno strumento si schiarivano la voce: erano i cantanti.

Il grande megafono presidenziale sorretto da Gheddafi comandò: «Musica!»

Giù, nella piazza principale, avanzarono lentamente due cerchi concentrici di quasi 400 donne, che indossavano gli abiti multicolori.

Al centro si era messa una donna piuttosto anziana con in testa un cappello a cono color violetto, che cominciò a recitare.

«Amiche, ragazze, compagne d'infanzia e dei tempi felici, ricordo con grande nostalgia il giorno del mio primo matrimonio. Era una bella giornata di inizio maggio, quel che si suol dir il calendimaggio, e...»

«Sii sobria, vecchia troia maggiolina! Dà il segnale!», tuonò al megafono il Presidente.

«Mi scusi, mi ero persa nei miei ricordi. Su, danziam signore *la bagatella!*»

I due grandi cerchi si misero uno dentro all'altro e si mossero lentamente, uno in senso orario e l'altro in senso antiorario.

Le donne festanti del cerchio interno si misero a cantare per prime: *"Baga baga baga baga..."*

Fu poi la volta di quelle del cerchio esterno: *"Tella tella tella tella..."*

Ed ecco la vecchia al centro, battendo le mani: *"Cantiam tutte un due tre!"*

Seguì il grido selvaggio delle ballerine, che continuarono con *"Facciam tutte un passo da Re!"*

«Ferme!», le stoppò la vecchia che dirigeva la danza, respirando profondamente.

Fece un gesto con le mani come per dire *"ora mi viene, ora mi viene..."* e la piazza venne squarciata da un rutto devastante.

Andò in frantumi la grande vetrata della cattedrale dipinta con i colori di Megaditta, dove il Megapresidente suonava il megaorgano a canne.

Volarono nell'aria molti cappelli, un obelisco di legno, sette dentiere e quattro nani, che vennero portati lontano da un turbine di vento. Poi due fecero ritorno sorretti dal turbine nella fontana della piazza principale, annegando tra festosi applausi.

Quel rutto provocò un applauso delirante, che indicò ai cronisti inviati sul posto dell'emittente TV *La voce del padrone* e delle radio *Nanolibero* e *Siam tutti fratelli, solo il Megapresidente è figlio unico* dove si era nascosta la vecchia ruttona.

La donna venne subito circondata da microfoni, da lampade e da un truccatore.

«Signora, siamo in diretta, sul telegiornale e sul radiogiornale. Ci riveli il suo segreto, i nostri ascoltatori sono in trepida attesa: anche l'anno scorso al Festival di Norimberga, durante la *Gara di rutti per beneficenza*, lei ha sbaragliato tutti i concorrenti, persino la campionessa Paola Ciottola... ma come fa?»

La vecchia apparve agli occhi dei media molto intimidita, quasi smarrita.

«Non lo so... è una cosa che mi viene naturale...»

I giornalisti del TG la incalzarono.

«Sì, ma almeno ci dica come si allena, e se la cosa comporta una preparazione particolare...»

«Be'», si schernì la vecchia arrossendo, «il segreto sta tutto in una vita sana, in lunghe passeggiate all'aria aperta e, soprattutto, nei due giorni che precedono l'esibizione, durante i quali tracanno 18 litri di acqua esplosiva bulgara *La voce del diavolo*. Fatto questo mi siedo, rimango immobile in una stanza buia e poi, dopo 28 minuti esatti, bevo da una grande conca di rame 30 litri di *gassosa della Val Livezia*, quella stessa che ha fatto esplodere molti nostri sudditi anziani e 13 bambini delle scuole elementari, di cui uno è andato in pezzi quando ha aperto la bocca il giorno della sua prima Comunione».

Nella piazza scoppiò un applauso entusiastico di grande ammirazione.

La vecchia fece un ampio gesto venato di timidezza, che ebbe come risultato quello di placare la folla osannante. Poi, continuò la spiegazione.

«La preparazione stomaco-esofagea non finisce qui: 7 minuti prima di ogni esibizione, vado da un gommista fuori dalla porta Maggiore, che m'infila in gola il compressore per pompare le grandi ruote dei camion e...»

Non finì di parlare, perché un secondo roboante rutto le uscì inavvertitamente di bocca.

I sudditi impazzirono di fronte all'ennesima manifestazione di libertà.

Il giornalista televisivo intervenne prontamente.

«Signora, che splendida voce esofagea! Lei è davvero una soprano *di classe*!»

Su, in alto, da dietro la finestrella, Gheddafi spiava in piazza la festa a comando.

Dietro di lui, la solita guardia amazzone.

«Ti rendi conto? Le mie suddite sono delle vere... delle vere... non mi viene la parola giusta...»

Alle sue spalle, dall'oscurità, comparve un nano impiccione vestito da Gheddafi miniaturizzato.

«Delle vere nobildonne di classe, Colonnello. Lo dico, ma non lo penso».

«Ma lo pensi o non lo pensi?»

«Alle volte sì, alle volte no».

«Sì o no?»

«Sì no! No sì... sì no... cosa vuole, sono incerto e volubile per natura», esitò il nano.

Si morse subito le labbra, perché aveva subdorato la punizione che stava per infliggergli il Mega, che con gesto solenne sfilò dalla fondina la rivoltella, porgendogliela con grazia.

«È carica, vero?», chiese il nano, allontanandosi subito dopo e modulando nell'aria le sue ultime incertezze, mentre giocava alla roulette russa.

«Che lo sia? Che non lo sia? Lo è! No, *non lo è!*»

Si sentì uno sparo, che sembrò una cannonata.

Lo era.

Il Megapresidente, sollevato dal suicidio del noioso nano disturbatore, tornò a parlare al megamegafono.

«E ora si esibiscano gli uomini!»

Nella piazza calò un suggestivo silenzio.

Si sentì solo lo scalpiccìo delle ciabatte di cotone delle 400 donne, che lasciavano il posto allo scalpiccìo delle ciabatte di cuojo – e alcune addirittura ricamate – dei 500 sudditi uomini, chiamati all'appello.

Gli uomini formarono un grande e perfetto quadrato composto da 125 unità per lato, proprio vicino alla grande porta della cattedrale, da cui uscì, vestito di bianco da damigella viennese, lo scoreggiatore della *Tziganella* della festa precedente.

Venne riconosciuto dalla folla, che lo gratificò con un uragano di applausi.

«È lui! È il recordman! Bravo! Bene! Bis!»

La damigella delle flatulenze rientrò in cattedrale sorridendo, poi riapparve, accompagnata da altre urla sgangherate.

«Ma certo che è lui! È travestito, ma è lui!».

La damigella arrossì vezzosa e rientrò.

«E allora? Che succede?», si chiedevano i sudditi in spasmodica attesa.

Ricomparve con un grande cappello bianco e con una veletta che gli copriva il volto, poi fece un gesto quasi volesse pregare la folla.

«Niente applausi, per favore», chiese.

Passarono due minuti di alta concentrazione.

Lentamente andò poi verso il centro del quadrato.

Dall'alto intervenne minaccioso il Gheddafimegafono.

«Inferiori matricolati! Non applauditelo, che lo mettete in soggezione! Questo è proprio lui, il petomane della Tziganella, lasciatelo dare il meglio di sé. Non sia mai che proprio ora entri in piazza il *nostro amatissimo* Otto Kluksmann».

La folla si fece muta, travolta dalla gioia incontenibile per l'evento che si stava compiendo.

Sempre in perfetto silenzio, si abbracciarono saltellando e agitando le bandiere giallo bianche di Megaditta.

«Immobili e silenti!», tuonò il megafono del settimo piano. «Sentiamo finalmente di che cosa è capace. Rullino i tamburi!»

Da dietro la grande fontana comparvero i tamburini presidenziali, tutti vestiti in cuojo rosso. Prima sommessamente, e poi in un crescendo rossiniano, il rullo dei tamburi invase la piazza.

Il Megafono parlò.

«Al mio stop ai tamburi, lei, damigella petomane, ci faccia sentire».

Rullìo, rullìo e ancora rullìo.

«Stop!», comandò il Mega.

La damigella fece un respiro profondo ad occhi chiusi, si tappò prudentemente ogni altro orifizio per paura di dispersione, quindi naso, bocca e orecchie e poi scaricò l'aria intestinale.

Purtroppo produsse solo una specie di scroscio liquido, come quando si tira la catenella dello sciacquone.

Tra la folla balzò su una sedia il presidente dell'Associazione Non Vedenti della Fortezza,

«Allarme! Allarme generale! Qui è saltato l'impianto fognario del territorio... Il rischio è grave!»

Al centro del quadrato la damigella, prostrata dall'insuccesso, e non solo da quello, era caduta piangente sulle ginocchia, e si era tolta il cappello velettato.

«Non riesco a capire, tranne per l'altra volta che ho mangiato yogurt gelato, *lui* non mi aveva mai tradito. Non mi aveva mai abbandonato. Credetemi!», confessò a calde lacrime.

Gli si avvicinò un nano spia che sbirciò dietro di lui: il vestito di pizzo immacolato aveva una grande e inequivocabile chiazza marrone scuro, che emanava un tanfo pestilenziale e velenoso.

«Ripulitelo con cura», ordinò il Megafono, «e poi buttate quel cialtrone, nudo, nella fossa dei miei piraña. Non prima: non voglio si prendano qualche infezione da batteri fecali».

I sudditi, privati dello spettacolo atteso a lungo, si guardavano con espressione perduta.

Tutta l'euforia che aveva preceduto la mancata esibizione sembrava svanita.

Fu allora che la vecchia dal rutto facile balzò sui bordi della fontana.

«Cosa vi succede, compagni? Non vorrete mica intristirvi proprio adesso!? Cosa direbbe, se vi vedesse così, quel gorillesco polacco di Otto Kluksmann? Su, voglio vedervi allegri come non mai! Sentite qua...», disse facendo un respiro profondo.

Tutti allora puntarono gli occhi e le orecchie sulla vecchia: lei emise un rutto poderoso, tanto che le cadde il cappello a cono violetto e si vomitò sui palmi delle mani un ramarro vivo.

La performance non piacque al Megapresidente e nemmeno alla folla.

«Gettate quella strega nella fossa dei serpenti!», ordinò la Voce dal settimo piano.

Arrivarono i nani portantini che l'ingabbiarono, correndo poi verso la fossa.

«Voglio morire con il mio cappello violetta in testa! Abbia quest'ultima cortesia, Presidente, l'ho allietata per tanti anni con i miei rutti migliori!», implorò inutilmente la disgraziata.

La piazza si vuotò lentamente.

Ai bordi della fontana rimase il cappello violetto, che venne poi trascinato via dal vento.

Il ramarro, finalmente libero, si buttò nella fontana.

16

L'INCONTRO

Nella piazza deserta scoccarono le 7.

Da una viuzza dietro la cattedrale spuntò furtivamente la lucente Fiat Polski 132P nera, in perfetto orario. Il silenzio era totale.

Si fermò vicino alla fontana che, per qualche ora, era stata rifugio del ramarro.

«Ecco lallà la piazza eccola qua! Trallallero trallalà!», cantò l'autista.

Lentamente, come in una lunga sequenza cinematografica al rallentatore, si aprirono le due porte posteriori.

Da una scese Kluksmann, che sembrava un rinoceronte pronto alla carica contro il nemico.

«E finiscila, debosciato, con quel cazzo di lingua nuova!», sbraitò.

Dall'altra parte scese Gabriella.

Si guardarono attorno, stupiti: non c'era anima viva.

«Ma questi sono pazzi! Non merito dunque nessuno ad accogliermi? Che affronto! Io qui mi metto a caricare all'impazzata!»

«Eccellenza, si controlli, lei non li vede, ma da ogni tombino e dalle feritoie della fortezza ci stanno spiando».

«E chi se ne frega! Io volevo un'accoglienza degna di me», disse rivolgendo lo sguardo all'insu, verso i piani alti della fortezza. «Dove ti nascondi, esimio e pusillanime Megapresidente dalla scarsa ospitalità?»

I tre nella piazza avvertirono il ciabattìo di gruppi di nani spia che si spostavano da tombino a tombino, pronti e armati nel caso avessero dovuto proteggere il loro Megapresidente.

«Allora, Santamaria! Dove sei? Sono venuto apposta dalle steppe dell'Asia Centrale...»

«Ma non siamo arrivati dalla Polonia?», chiese l'autista, con le mani immerse nell'acqua della fontana per cercare di afferrare il ramarro.

«Non interferire! Il tuo padrone sta creando», lo redarguì agitando l'indice Gabriella.

«...dalle lontane steppe intorno al lago Baikal per trattare un'alleanza che ci porterà...»

Dalla finestrella spuntò il solito megamegafono e dietro di lui se ne stava Mu'ammarpresidente.

«Dimmi prima dove ci porterà l'alleanza, poi forse uscirò allo scoperto!»

Kluksmann sembrò in difficoltà per l'imprevisto atteggiamento accondiscendente del Nemico.

Gli venne in soccorso Gabriella, che con l'aria di casa sembrava essersi ringalluzzito.

«Gli dica che ci porterà in una nuova Era di pace e di benessere per le vostre due potenze», suggerì sottovoce, dimostrando che oramai aveva fatto tesoro delle *lezioni di vita per l'ascesa al Potere*.

«Segui il consiglio del Cretino, Kluksmann», disse il Megafono, che da buon paranoico aveva anche l'orecchio lungo, «ma sappi che non credo alle tue lusinghe! Giammai, ci crederò!»

Kluksmann tacque, in attesa della prossima mossa.

Passarono alcuni minuti e, dopo aver preso l'ascensore, Gheddafi scese nella piazza e andò incontro a Otto la Vipera.

«Caro grande amico, ben arrivato!»

«Sento che mi lega a te un grande affetto...», cominciò a dire Kluksmann.

«...fraterno affetto, direi io, che oso definire...», disse Gheddafi.

«...unico!», specificò Vipera.

«Straordinario!», preferì dissentire nell'uso del sostantivo il padrone di casa.

«Ti amo!», disse Kluksmann esagerando.

«Anch'io!», disse l'altro.

«Più io!»

«No, più io!»

«Sono quasi commosso, fratello», disse il Megapresidente e, ben sapendo che i sudditi erano tutti ad origliare, pronti a recitare a comando, ordinò: «Si dia inizio alla grande festa!»

Da ogni dove, quasi non aspettassero altro, si riversarono in un battibaleno nella piazza centinaia e centinaia di sudditi festanti.

Si tenevano per mano uomini e donne e andavano a passo di marcia cantando l'inno di Megaditta.

"*Mega Mega Megaditta,*
tu ci indichi la via più dritta
siam felici e siam contenti
pur anche senza pane
per i nostri denti.
Ma c'è il Megapresidente
che ci tien libera la mente!"

Kluksmann si complimentò commosso con Gheddafi, abbracciandolo.

«Grande, grande Santamaria! Questa accoglienza che mi hai riservato è davvero commovente. Mai, mai mi sarei aspettato un così cordiale benvenuto».

«Figurati», si schernì Gheddafi, «questo è niente rispetto ai festeggiamenti che facciamo in prossimità del santo Natale».

Mentre i due si stringevano le mani con affetto, da consumati attori nel cinico palcoscenico del Potere, si avvicinò un suddito con un solo orecchio, che oltre ad avere una faccia molto triste e vestire di nero, pareva poco propenso a partecipare alla festa.

«Mi perdonino, Eccellenze, hanno per caso visto il mio orecchio bionico? Sapete, un tempo ero uno scienziato, e avevo specializzato le mie orecchie in modo che la destra sentisse la Verità e la sinistra la Menzogna: la destra mi è stata amputata e sostituita con un amplificatore che registra solo false speranze, bugie e comandi. Avendolo perduto, non posso partecipare alla festa comandata in vostro onore».

Il Megapresidente sbiancò dalla rabbia e ordinò alle sue quaranta amazzoni di liberarlo all'istante da quel pericoloso individuo.

«Via via via, portatore sano di Verità! Non importuni le loro Eccellenze. Venga con noi al *Manicomio*».

Il pover'uomo si fece trascinare docilmente dalle guardie nella cesta di vimini.

Intanto, Kluksmann venne circondato da un gruppo di transessuali sessantenni.

Ovviamente brasiliani di Fortaleza.

«Una foto, una foto con lei, Bellissimo Vipera!», lo implorarono in coro.

«Continui a fingere», gli sussurrò Gabriella.

«Va bene, con molto piacere, *ragazze*».

Le 'ragazze' avevano ognuna in dotazione una di quelle vecchie macchine fotografiche Kodak a soffietto, quindi l'*operazione foto di gruppo con Vipera e trans* fu di una lunghezza estenuante.

«Vi aiuto io!», disse Gabriella festante. «Visto com'è gentile il *nostro futuro* Presidente?», si lasciò scappare senza accorgersi.

Estrasse dalla tasca dei pantaloni una macchina digitale quasi microscopica.

«Kluksmann», intervenne Gheddafi, che preso dall'entusiasmo del momento non aveva colto il tradimento, «le confesso che lei è esattamente l'opposto di quel mostro che mi avevano descritto da più parti».

«È ubriaco fradicio alle sette del mattino!», mormorò l'autista a un suddito che gli stava accanto.

«Zitti tutti!», strepitò MegaGheddafi. «Chi ha detto *fradicio*?»

«Chi è stato?», ruggì anche Vipera.

I sudditi in coro indicarono subito l'autista di Otto Kluksmann

«È lui! È lui! Ora vogliamo vedere come si mette per l'autista del migliore amico del nostro Megapresidente!», sentenziarono in tono di sfida.

«Perdonato!», ridacchiò il Megapresidente, lasciando gli inferiori di stucco.

«Grazie!», disse Kluksmann. «Tu rappresenti la magnanimità del Potere. Tu sei il vessillo di tutti gli uomini superiori che sanno perdonare! Amico mio, io ti amo!»

17
ALLA TAVERNA DEL TANGENTISTA

A quella plateale dimostrazione di autentica falsità, recitata magistralmente dal loro Megapresidente, i sette consiglieri del Consiglio Segreto dei Dieci Assenti *che furono* scesero in piazza a portare i loro omaggi a Otto la Vipera.

«Perché siete vestiti come dei deficienti?», latrò Kluksmann, osservando i trafficanti di droga biancovestiti, i riciclatori in abiti da donna, quello vestito da ladro come la Banda Bassotti e i transessuali multicolori.

«Amico mio», spiegò Gheddafi, «questa è gente seria: sempre al lavoro, sempre in divisa di riconoscimento! Ma ora, bando alle ciance, andiamo a brindare alla nostra alleanza! Tutti alla *Taverna del Tangentista*! L'ho fatta costruire dentro l'enorme cattedrale sconsacrata».

A un suo gesto della mano sospesa per aria, i tamburini fecero rullare i loro strumenti e il gruppo entrò in cattedrale a passo di danza.

A Kluksmann, cresciuto dalle suore Orsoline ma miscredente della prima ora, quasi venne da vomitare.

Sulla parte destra dell'altare maggiore, c'era una zona illuminata da luci roteanti multicolori.

L'enorme abside era stata chiusa da un mastodontica porta, sopra la quale una tavola di legno recava impressa a fuoco la scritta a caratteri cubitali *Il paradiso del Tangentista*.

Ai lati della porta stavano due enormi buttafuori a torso nudo e con grandi cappucci di tela bianca.

«Fermi!», urlò uno dei due energumeni.

Subito si zittirono i tamburi.

«Decidiamo noi chi può entrare!», disse con brutalità l'altro. «Cominciamo: il signor Kluksmann sì, il dottor Gheddafi sì e ovviamente il ladro. Il resto della marmaglia rimane fuori!»

Intervenne con violenza il polacco.

«Il signor Gabriella entra con me!»

«Dottore, faccia entrare anche l'autista... in fondo se lo merita, e poi lei deve mantenere quest'aura di bontà se vuole raggiungere il suo obiettivo», suggerì Gabriella.

«Con lingua e tutto?», chiese Kluksmann. «D'accordo, purché non parli».

«E gli altri?», chiese il buttafuori.

Kluksmann guardò con complicità Gheddafi.

«Li gettiamo ai coccodrilli e ai piraña?», chiese sornione.

«Metà ai miei docili animaletti, il resto al manicomio. Così rinnovo il mio Consiglio Segreto», sentenziò con entusiasmo il Galattico.

Mentre i gendarmi arrestavano e portavano alla punizione gli ex membri del Consiglio, loro entrarono finalmente nella taverna.

Notarono subito che i clienti parlottavano a voce bassissima. Erano divisi in piccoli gruppi che si soffiavano alle orecchie delle cifre.

Sembrava di assistere al rosario della sera.

Molti avevano superato abbondantemente gli ottant'anni e non riuscivano a capire quel che gli veniva detto alle orecchie. Per questo i vecchi più arzilli, gesticolando con le dita, facevano balenare loro davanti agli occhi delle cifre.

Erano i tangentisti in azione.

Gabriella si avvicinò a Kluksmann.

«Stia attento a non cadere nella trappola, questa è una zona speciale».

«Perché?»

«Perché cercheranno di offrirle dei lingotti d'oro zecchino per ottenere favori e concessioni ignobili».

«Oro zecchino?», slinguettò lui mugolando dal desiderio. «Ci sto! Gabriella, procurami subito un porta lingotti».

A quelle parole, il Vipera venne sommerso da una marea di tangentisti secolari, ai quali si erano mescolati degli allievi tangentisti quindicenni agli esordi.

Mentre Kluksmann era sepolto da quella montagna di corrotti, da dietro le colonne, le tende di velluto, da sotto i tavoli, le sedie e le poltrone comparvero degli strani personaggi, tutti vestiti da fornai: basco d'ordinanza in testa, maglietta a mezze maniche candida, pantaloni e zoccoli naturalmente bianchi.

Si misero a girare tra i tavoli con molta discrezione e, arrivando alla montagna di tangentisti che avevano coperto Kluksmann, si misero a sussurrare.

«Farina, bustine di *farina speciale* contro la depressione... farina energetica... farina miracolosa per il sesso in terza età».

Dalla montagna emerse con violenza vulcanica Kluksmann, accompagnato da uno dei suoi migliori urli gutturali: «Fornai tutti, a me! Sono un vecchio impotente e depresso e voglio il miracolo!»

Alla montagna di tangentisti si sovrappose, in soli 18 secondi, la piramide bianca dei fornai.

Il risultato fu un'assurda e surreale montagna umana che rischiava di far crollare le pareti dell'abside profanata.

I fornai si misero a soffiare la loro farina portentosa addosso a Kluksmann, che ingordo e beato inspirava.

«Con forza... tira, aspira... sniffa... ancora! Con il naso... a una narice... a due narici. Ora una gran pompata finale!», lo incitavano i fornai.

La piramide bianca esplose sotto la pressione dirompente di Kluksmann, riportato a nuova vita. Volarono fornai, baschi bianchi, zoccoli e tangentisti.

Due di questi ultimi, i tangentisti quindicenni, furono sparati fuori dalla Taverna al centro della cattedrale, dove si stava svolgendo un funerale laico.

Dopo la sonora caduta, vennero subito zittiti dai parenti in lutto.

«Vergogna! Disturbare il riposo di un *giusto*».

Uno dei tangentisti, ancora stordito e con il culo sul pavimento vicino alla bara, obiettò.

«Giusto? Ma se era un ladro!»

«Qui lo siamo tutti, ma lui era un ladro onesto!», specificarono i parenti.

Il piccolo tangentista si alzò.

«Scusatemi, signori ladri, riconosco d'aver sbagliato... posso andare?»

Il prete spretato che officiava quella pantomima lo guardò preoccupato.

«Sì, puoi andare, ma che ne facciamo del tuo collega? È immobile... sembra morto. Che fai, ce lo lasci qui?»

«Sì, tanto a me non serve».

«Allora baratelo! Farà compagnia al ladro», ordinò lo spretato.

I parenti acconsentirono con un cenno del capo.

Il prete si girò verso la sacrestia e, con un comando secco, chiamò: «Sacrestano! Porti il grande cacciavite svitabare!»

Da una porta laterale uscì un nano sacrestano, truccatissimo e con i tacchi a spillo.

«Veloce, sacrestano», ordinò il prete, «apra! Deponga i resti nella bara e richiuda!»

Intanto, nella zona taverna, dai resti della montagna umana Kluksmann, più carico e vivo che mai, si mise a correre e sfondò con la testa il banco del bar, rimanendo impigliato.

Quella testata da rinoceronte impazzito lo fece tornare in sé e, uscendo illeso con la testa dallo squarcio nel legno, si mise a minacciare.

«Ma che mi avete fatto respirare? Questa farina non è euforizzante, io vi devasto il locale!»

Detto questo ripartì a testa bassa fuori dalla taverna.

Abbatté come birilli i sette funeralanti neri e scavalcò con un salto acrobatico la bara, mentre il sacrestano la stava ancora avvitando.

Mentre i birilli abbattuti iniziavano a rialzarsi lentamente, comparve tra di loro Gabriella, seguito dall'immancabile autista.

«Scusate il disturbo, avete visto passare di qua un signore molto euforico e con il naso incipriato?»

Da terra si alzò la vedova del ladro onesto: era inferocita.

«Mi state rovinando un funerale tanto atteso! Ho fatto la prova costume sei mesi prima, per non parlare delle prove di recitazione».

«Mi scusi, signora vedova», disse Gabriella, «le auguro un'eredità importante».

«Tiè!», disse quella facendo le corna, «tangentista della malora e porta jella. Pussa via...»

Gabriella si avvicinò al nanosacrestano che stava ancora avvitando.

«Mi scusi...»

«Là in fondo. Il suo uomo è scomparso dietro quella porta dorata».

Gabriella si diresse alla porta, seguito dall'autista.

Il sacrestano, intanto, diede l'ultima stretta alla bara con il cacciavite. Poi, si rivolse al parentado in lutto.

«Sulla bara c'è solo la targhetta voluta dalla vedova. Ma ora le salme sono due. Che si fa? Lasciamo l'anonimato?».

Un parente gli si affiancò.

«Sono curioso. Che c'è scritto, sulla targa?»

«*Pasquale Finitomale* e sotto *Maria Allegra in Finitomale, vedova consolabile in trepida attesa dell'eredità*».

«È un po' insulsa, come scritta, ma almeno è molto sentita», disse il vecchio rincoglionito.

Finalmente il feretro e la comitiva in lutto uscirono dalla cattedrale e si diressero al cimitero.

Il Megapresidente si vide costretto a ritirarsi nel suo lussuosissimo appartamento al settimo piano, scortato dalle amazzoni che erano andate a prelevarlo.

Due ore dopo, nella Sala del Consiglio Senza Consiglieri, il Megapresidente tramava, questa volta travestito da Frate francescano.

Non potendo più rivolgersi ai suoi consiglieri, chiamò due fattorini e, dopo averli istruiti sulla vita smodata di frate Francesco, li fece vestire con il saio.

«Avete visto, fratelli, che schifo? Quel Kluksmann, che io ho accolto nel mio cuore magnanimo e nella mia Megaditta come un fratello, ha sniffato cocaina come un maiale... purtroppo, ora è un animale pericolosissimo e dovremo correre ai ripari».

Uno dei due fattorini francescani osò esternare un'osservazione.

«Guardi, San Francesco, che anche lei ha il naso color farina miracolosa...»

«E con questo? Io lo posso fare perché sono Io».

L'altro fattorino francescano, per non essere da meno, s'intromise.

«Mi scusi, Santità, ma lei si veste da santo, perché *è* santo?»

«*Io sono tutto* perché posso tutto! Quindi sono anche santo. Ordinate lo *scampanìo di grande pericolo,* mentre io vado alla finestrella con il mio megamegafono a dare l'allarme».

Mentre cominciava il frastuono di bronzo delle campane che suonavano a ritmo di grande pericolo, Gabriella aveva raggiunto la piazza Maggiore, ma del *suo uomo* nessun segno.

Lo seguiva l'autista, con la lingua nuova penzoloni per la corsa sfrenata.

Ad un tratto, il regista di un documentario dal titolo *Come finiscono i Presidenti disonesti* e *travestiti,* fece un gesto indicativo con le mani rivolgendosi a un gruppo di fotografi, giornalisti, teleoperatori e commentatori, arrivati a Megaditta per fare la cronaca dell'incontro tra Guerrin Arturo Santamaria e Otto Kluksmann.

«È lì! È dentro la fontana grande!», starnazzò a gran voce il regista.

Kluksmann, infatti, era in mutande che saltellava e cantava nell'acqua gelida, seguito dal ramarro, felice d'avere finalmente un compagno di avventure.

«Son felice, son contento e ora sono come il vento. Non sentite la campana? E allora io mi tuffo nella fontana! Ora voglio fare tutto: il buono, il pittore, lo scultore di statue in legno, l'ornitologo, il trapezista, il bibliofilo, il giornalista obiettivo e lo scrittore di libri porno».

Ai bordi della vasca s'era schierata una tripla fila di telecamere e di giornalisti, pronti a riprenderlo in diretta.

«Stringi su di lui!», urlò entusiasta il regista. «Questo è senz'altro il momento più commovente del mio documentario».

Intanto, nella piazza, le campane avevano radunato la folla. Ignari del fatto che il loro suono avvisasse di un pericolo, i popolani si tenevano come sempre tutti per mano, saltellando e cantando.

La loro inadeguata gioia fu interrotta dalla terribile voce di San Francesco al megafono.

«Miei ignobili sudditi, miei cretini incurabili, miei imbecilli ignavi, il momento è grave. A causa di Kluksmann mi vedo costretto a farvi entrare in un lungo periodo fatto di lacrime e sangue. Senza consultarvi mi sono visto costretto ad aumentare le tasse, togliere i privilegi accordati ai troppi nani gobbi, ai finti ciechi e sordi e a quei subdoli sudditi che hanno simulato incidenti sul lavoro. Perdonerò solo i molti defunti, ma le loro mogli saranno private delle pensioni. Anzi, visto che ci sono, abolirò tutte le spese superflue di ospedali, asili, scuole e raddoppierò subito le tasse. Ma sappiate, miei imbecilli straordinari, che queste mie manovre servono ad aumentare il mio potere, in modo da sconfiggere il pericolo che incombe su di voi: il suo nome è Otto Kluksmann!»

Dalla piazza giunse un applauso delirante!

18

GABRIELLA ALL'ATTACCO!

Immerso nella fontana, Kluksmann continuava a sguazzare felice con il ramarro. Era come se non vedesse il muro dei giornalisti che si stavano preparando a ricattarlo e a infamarlo, e nemmeno avesse sentito l'arringa del suo nemico e lo scroscio di applausi.

«Gabriella!», urlò, «vieni qui! Portami subito della farina magica che mi sto spegnendo. Veloce, però!»

Gabriella alzò un dito e convocò i fornai.

Due di loro si aprirono un varco tra giornalisti e telecamere ed entrarono prudentemente in acqua, tenendo le braccia sollevate in aria con in mano le buste di farina magica.

«Eccoci qua, eccoci là, tiri e sniffi senza pietà!»

Il rinoceronte polacco stava subendo una strana mutazione: sembrava un elefante marino morente.

«Affondo, mi si sono scaricate le batterie...», gorgogliò e lentamente s'inabissò.

I fornai agirono prontamente.

«Ecco la sua carica esplosiva!»

Dato che affioravano solo la pancia e l'enorme naso, aprirono le bustine e ne scaricarono il contenuto direttamente nelle narici dell'elefante marino.

«Sniffi, inspiri e pompi!» urlarono all'unìsono.

Ma Kluksmann affondò completamente...

Un grande silenzio d'aspettativa invase i presenti.

Passato un minuto e 21 secondi, dal fondo della fontana si sentì un'esplosione subacquea e dall'acqua balzò fuori il ramarro impazzito. Velocissimo, saltò il muro della fontana per scappare il più lontano possibile dall'acqua.

Ma, a sorpresa, dall'acqua rimbalzò fuori anche il grande rinoceronte polacco, con un acrobatico quadruplo salto mortale. Ricadendo fuori dalla fontana cadde su un fotografo da ricatto, schiacciandogli le vertebre.

Poi, si alzò in piedi.

«Questa sì che è vita! Questa è *un'altra* vita! Gabriella, seguimi, voglio cambiar tutto! Vieni con me, andiamo incontro a un nuovo destino! E voglio portare con me anche il fornaretto di Venezia e quello di Pomezia!»

«Ma cosa dice, lei non c'è più con la testa!», affermò perplesso Gabriella.

«Sì, hai ragione, sragiono e mi perdono, non sono più razionale, sono un ebete totale ma felice come un manovale! Dai, Gabriella, da questo momento cambia tutto. Voglio esibire la mia pochezza, la mia cattiveria, voglio essere calpestato e umiliato. Basta con questa eterna finzione! Voglio un piacere che non ho mai provato, voglio l'orgasmo della sudditanza. Gabriella, ti prego, offendimi!»

«Eccellenza, non posso».

«Sforzati! Ingegnati, ne ho bisogno!»

«Non mi vengono le parole...»

«Ti prego, fallo per pietà. Io sono... io sono...»

«Un bamboccione!»

«Gabrielluccia, non mi deludere. Tu sei un Cretino intelligente, fai che le mie lezioni abbiano prodotto un risultato apprezzabile».

«Lei è... uno stupidino geniale?»

Fu allora che intervenne l'autista, sfogliando il suo taccuino.

«Gabriella, le do una mano io... Ecco: *tu sei il più grosso pezzo di merda che ho calpestato nella mia vita!*»

«Grazie! Grazie!», disse commosso Kluksmann. «Eccola finalmente, la verità tanto attesa! Me la merito. Io sono...»

«Uno stronzo!», urlarono all'unìsono l'autista e Gabriella.

Quest'ultimo balzò sul bordo della fontana e arringò la folla nella piazza.

«Ditemi, amici, chi è costui?»

«Un grandissimo stronzo!», rispose con un boato la folla dei sudditi.

Dalla finestrella delle grandi occasioni, il Megafrancesco assisteva allo spettacolo con un binocolo d'oro massiccio.

L'autista batteva le mani suggerendo alla folla con le mani come mantenere il ritmo per urlare.

«Stron-zo, stron-zo, stron-zo».

San Francesco, al culmine dello sdilinquimento, cambiò le carte in tavola.

«Mai, mai e poi mai, mi sarei sognato una *vittoria* così clamorosa! Fratelli subalterni, sappiate che io rimango il vostro capo indiscusso».

Intanto, cinque persone s'allontanarono con discrezione dalla piazza: Gabriella in testa, alle sue spalle arrancava Kluksmann, prostrato dalla sua nuova sudditanza, e a fianco di lui l'autista, seguito dai due fornaretti di Venezia e di Pomezia.

Dalla piazza arrivava ancora alle loro orecchie un brontolìo cadenzato e irriverente.

«Stron-zo, stron-zo, stron-zo».

«Contento, pezzo di merda? Hai buttato anni di Potere supremo nel cesso!», affermò l'autista.

«Sì, sono felice, entusiasta, questo è un gran momento: adoro essere insultato. Dottor Gabriella, *mio capo*, *mio uomo di potere*, la prego, mi offenda, mi annichilisca con qualche offesa geniale».

«Brutto», esordì il Cretino.

«Di più, di più!»

«Figlio di buona donna».

«Di più!!»

«Troiaccia bulgara!», imprecò il più esperto autista, intromettendosi nel florilegio di offese.

«Ecco ci siamo, ci siamo quasi», ansimò Kluksmann.

«Ormai sei maggiorenne, Kluksmann», disse l'autista, «ed è bene tu sappia finalmente la verità: tua madre era un negro».

«Ahhhhhh, eccomi finalmente umiliato fino alle ossa! Ora non sono più nulla! Fate di me ciò che volete, tanto mi sto spegnendo di nuovo... sta finendo l'effetto della polvere», disse Kluksmann con occhi imploranti.

Veloci, i due fornaretti armati di cerbottane di ottone gli spararono nelle narici altra farina magica.

«Contento adesso, drogato? Stronzonaccio, che vuoi fare ora? L'equilibrista? Giocare con le bambole?», lo insultò il Cretino.

«Voglio... voglio... il circo con i pagliacci!», chiese l'ex *Vipera di diamante*.

«Qui a Megaditta, vecchia merda, i circhi sono vietati. C'è solo il tendone dove portano i bambini alla domenica per vedere un grosso varano dell'isola di Komodo».

«Voglio andare dal varano! Voglio andare dal varano!», chiese con l'insistenza di un bambino capriccioso.

Nei tombini ai bordi del marciapiede i nani dei Servizi segreti saltellavano gioendo.

«Vittoria, vittoria! È in nostro potere ormai. Facciamo arrivare la notizia al Megapresidente. E ora veloci, veloci, passiamo parola: vanno dal varano... vanno dal varano... dal va-ra-no!»

19

OPERAZIONE KUMBO IL VARANO

Alle spalle dei tre frati francescani arrivò trafelato un nano portamessaggi.

«San Francesco, è arrivato il momento per Kumbo il varano! Da circa un'ora sono usciti dalla città e stanno camminando in aperta campagna, in direzione del nostro lucertolone».

I tre francescani salirono allora sulla terrazza e cercarono con i cannocchiali d'oro la bizzarra compagnia.

«Eccoli là, in fondo alla pianura, la vittoria ormai è nostra!», esclamò euforico San Francesco.

La vegetazione della pianura fuori Megaditta era scarsa. Il sole, quasi allo zenit, bruciava l'erba gialla e arrostiva il gruppetto dei cinque.

«Signor Gabriella», disse Kluksmann, «vada più adagio, le avventure degli ultimi giorni mi hanno debilitato».

L'autista allora schioccò le dita, ordinando ai fornaretti di darci dentro con la farina.

Dopo pochi secondi di rifornimento, Kluksmann balzò in testa al gruppo come una gazzella, ansioso di trovarsi faccia a faccia con il varano.

L'ex Vipera aveva lasciato molto indietro gli altri due, ma sentì comunque, seppur affievolita dalla distanza, la voce di Gabriella.

«Vai più adagio, stronzolone».

Anche la voce di Kluksmann arrivò all'autista e al Cretino attutita.

«Ullallà, eccomi qua! Vi confesso che non ho mai visto un varano... i varani parlano?»

«Non dire stronzate, avanzo di gorilla incartapecorito», disse l'autista con disprezzo.

Finalmente, dopo alcuni chilometri, scorsero sulla linea dell'orizzonte una grande tenda ottagonale, bianchissima. Solo la parte superiore era annerita dalle frequenti piogge acide.

I cinque affrettarono il passo e dietro di loro, nascosti tra i cespugli, li seguivano i nani spia.

Arrivati al padiglione, entrò per primo, ansiosissimo, Kluksmann il Tossicodipendente, squarciando un pesante tendaggio.

«Varano qua, varano là... varano bello... vieni qui cocco bello... dove sei, varanuccio del tuo papà?»

Entrò anche il resto del gruppo.

«Autista», disse Gabriella, «mi sembra completamente fuori di testa... stiamo in guardia, mi sono accorto che siamo seguiti dai nani. Vedo il lampeggìo sinistro dei loro malefici occhietti luminescenti...»

Nella tenda c'era un piccolo anfiteatro con delle gradinate in legno che davano sull'arena, coperta di sabbia.

Incuriosito da quell'insolito rumore, si palesò da una porta un tipo in frac rosso.

«*Et me voilà, c'est moi! Monsieur Garaque vous ve rappeller?* Chi non muore si rivede. Sapete, non sono più il direttore del ristorante, ora dirigo questa struttura».

Kluksmann si bloccò, poiché aveva riconosciuto, in quell'improbabile personaggio rossofraccato, l'ex direttore del ristorante di *nouvelle cuisine*.

«Non mi dire che tu sei quel farabutto del ristorante del pisello? Io ti faccio a pezzi!», esclamò furioso.

«No, no! Non faccio più la *cuisine*, ora sono l'ammaestratore di Kumbo, il grande varano di Komodo!»

Gabriella applaudì.

L'autista ci mise del suo.

«Complimenti, monsieur Garaque, lei ha fatto una splendida carriera... di merda!»

Erano arrivati anche due battaglioni di nani spia, che si accomodarono in ordine sparso sulle gradinate, per poter così origliare e spiare più comodamente.

«L'ha sbattuto qui il Megapresidente per punizione, è un grosso cretino...», disse un nano rivelandosi.

«Sono qui per il varano. Voglio vederlo... Mammina santissima, mi sto rispegnendo proprio nel gran momento...»

I fornaretti non se lo fecero ripetere due volte.

«Sveglia, tossico di un drogato, ecco il momento che hai atteso!», lo incitò l'autista.

«Fra poco entra Kumbo... Fra poco entra Kumbo... Fra poco entra Kumbo...», ritmarono eccitati i nani.

«Datemi il varano o spacco tutto!», ululò Kluksmann.

Da dietro una grande tenda verde si sentì un respiro profondissimo, come il ronfare di un drago.

Monsieur Garaque si avvicinò alla tenda e l'aprì.

I nani, dalle fessure dell'anfiteatro, gli sbirciavano la schiena.

«Pazzesco! Incredibile! Eccolo, è Kumbo, il Drago di Komodo!»

Kumbo era un autentico mostro, lungo più di due metri, una via di mezzo tra un coccodrillo e una lucertola.

La sua pelle era una corazza di squame verdi azzurre lucide. Aveva gli occhi piccoli e una bocca enorme, dalla quale spuntano denti come sciabole e una rossa lingua biforcuta. Sulla punta del lungo muso, dalle narici umide e palpitanti, emetteva una specie di rantolo.

Sembrava confuso: fatto uscire dalla gabbia e posto al centro dell'arena, barcollava sulle zampe tozze guarnite da unghie acuminate. Sembrava gli desse fastidio la luce accecante dei fari che lo illuminavano.

Ma la cosa più impressionante era il suo odore, forte, disgustoso e penetrante.

I nani, pur abituati a muoversi nei tombini e nelle fogne di Megaditta, si tapparono le narici.

«Sentite l'odore che ha, sembra una via di mezzo tra una scoreggia e l'acqua di palude putrescente».

Kumbo si guardò in giro, e venne subito attirato dal sussurrìo dei nani.

Ne individuò la provenienza, sbatté tre volte la lunga coda squamosa alzando la sabbia dell'arena e spalancò le fauci, mostrando una tripla fila di denti.

Poi, emise un curioso grufolìo e dal fondo della gola schifosa gli uscì un suono che era a metà tra un raglio e l'urlo di uomo.

L'autista si appoggiò alle spalle di Kluksmann.

«Scusa, merda secca, ma è veramente spaventoso, mi si piegano le ginocchia».

Gabriella se ne stava prudentemente in disparte, silenzioso e cogitabondo.

Otto Kluksmann guardò l'animale esotico, ammaliato da tanta forza.

A questo punto, monsieur Garaque salì sulla parte più alta dell'anfiteatro e intervenne.

«Signori», disse, «io me ne sto quassù per prudenza, poiché questa specie di drago non ha rispetto neppure per i suoi guardiani, che pure gli danno da mangiare. Io sono il sesto direttore. Degli altri non si sono più trovati nemmeno i miseri resti. Io sono stato fortunato, per ora. Il primo giorno ho cercato di accarezzargli il naso con un ramoscello d'ulivo, in segno di pace e... *zac*! Ho salvato solo metà del braccio e il ramo d'ulivo lo ha risputato».

Così dicendo, alzò la manica rossa destra del frac, che pendeva inerte dal gomito in giù.

20

LA RESA DEI CONTI

«Farina in doppia dose!», chiese Kluksmann.

«Tripla!», suggerì l'autista.

Kluksmann fece una pompata clamorosa e ansimò leggermente, mentre nel circo del varano tutti zittirono, compresi i nani, per gustarsi meglio quello che aveva intenzione di fare Kluksmann.

Lui, con il naso bianco e caricatissimo, affrontò coraggiosamente il varano.

«Kumbo, a noi!», gli disse sprezzante.

Il lucertolone rimase immobile al centro dell'arena.

«Mostro, io ti faccio a pezziii!», urlò Otto Kluksmann, mentre gli si avvicinava levando le mani a tenaglia.

Ma quando fu a meno di un metro dalla bestiaccia, questa spalancò l'orrida bocca e, afferrandolo con la lunga lingua, lo inghiottì.

Restarono fuori solo i piedi, perché calzavano delle polacchine di finta pelle fatte a mano da un ebreo polacco.

«Ne ha fatto un sol boccone!», fecero i nani terrorizzati.

Dal ventre di Kumbo arrivò il segno che Kluksmann era ancora vivo.

«Aiutatemiii!!! Sono claustrofobico! Chiamate un fabbro! Chiamate un veterinario, chiamate chi cazzo volete, ma tiratemi subito fuori! *Ti-ra-te-mi-fuo-ri!*»

«Che facciamo? È ancora vivo...», si chiese Gabriella disorientato.

Da sotto le panche, alcuni nani corsero fuori in direzione del Megapresidente.

Al centro della grande pianura arsa dal sole, il silenzio era rotto dal frenetico galoppo di tre cavalli, montati da tre frati francescani.

A mezzo chilometro dalla tenda del circo, da un cespuglio di bosso uscirono quattro nani spia che indossavano delle tute color cespuglio.

«Fermi, fermi! Eccellenza San Francesco, abbiamo una grande notizia: Kumbo ha mangiato il suo nemico-amico Kluksmann!»

Dentro il grande tendone, intanto, continuavano le urla dell'Ingoiato.

Gabriella e l'autista rimasero prudentemente lontani dal varano. Il Cretino, mettendo le mani a mo' di megafono, si rivolse alla vittima.

«Kluksmann, mi sente? Ha bisogno di qualcosa? Vuole un po' di musica?»

Dal ventre di Kumbo si sentì un appello disperato.

«Andate a fare in culooo!»

«Vuole che le faccia preparare un caffè? Magari decaffeinato?», domandò Gabriella.

«Sì, gli chieda anche se vuole una pizza alla marinara, cretino!», disse l'autista.

Alle loro spalle sentirono un nitrire di cavalli.

Non fecero nemmeno il tempo a chiedersi chi mai fosse arrivato, che entrano i tre frati.

«Geniale, dottor Gabriella, mi vedo costretto a complimentarmi. Lei è riuscito nell'Operazione. Ma *lui,* dov'è finito ora?»

«Le scarpe sono polacche. Non le ha mangiate», disse l'autista con un cenno del capo indicando il varano.

San Francesco rimase muto, ammirato. Fu colpito quasi da estasi mistica.

«Non mi dite che è vero quel che mi hanno detti i nani! Non mi dite...»

Il MegaFrancesco era al colmo dell'eccitazione da potere riconquistato.

Dalla cima della gradinata, monsieur Garaque lanciò un comando perentorio alla sua bestia.

«Kumbo! Rivoltalo!»

Il sauro, pervaso da una specie di fremito in tutto il corpo, spalancò la bocca e rivoltò al suo interno Kluksmann: scomparvero le scarpe di similpelle e uscì fuori la testa.

Era di color viola cianotico, gli occhi erano infossati e dai capelli gli colava della bava giallastra putrescente, iridescente e appiccicosa.

I nani, da sotto alle panchine, applaudirono.

«Sembra vivo! Sembra vivo! È vivo!»

«Pezzi di nanomerda, sto morendo soffocato!»

Poi vide San Francesco, respirò profondamente e sorrise. Lui era la sua ultima e unica speranza di salvezza.

«Caro collega», disse, «che piacere averla qui, è venuto certamente a rendermi omaggio».

«Amico mio», disse l'Estatico Francesco, «la vedo in piena forma... Allora, che si dice di bello?»

«In questo momento non mi viene in mente niente».

«Suvvia, esca di lì, si sieda con noi a parlare del nostro futuro. Vuole un caffè corretto?»

«Non bevo caffè».

«Una macedonia di frutta?»

«Sto bene qui dove sono! Piuttosto: vedo che lei ha il naso bianco. Frequenta i soliti fornai?»

«Me lo posso permettere, perché *Io sono un uomo di Potere*».

«Amico mio, da questo momento ogni sua mossa, anche la più insignificante, dev'essere autorizzata dal suo nuovo

Capo supremo, che sono Ioooo!», urlò rivelando le sue reali intenzioni OttoNelVarano.

«Caro improbabile Supremo, non ti vedo in una posizione ideale per governare la *mia* divina Megaditta».

Kluksmann respirò a fatica.

«Riconosco di essere in svantaggio, ma il Capo adesso sono io!»

«Dici? Guarda quel che posso Io».

Così dicendo, il Megapresidente alzò un braccio in direzione di Garaque e fece schioccare le dita.

«Kumbooo, succhialo!», comandò il domatore.

Il mostro lo risucchiò e la testa di Otto Kluksmann scomparve.

San Francesco rise sguaiatamente.

«Amico mio, in che cosa ti posso essere utile, ormai? Vuoi un buon libro da leggere? Qualcosa del tipo *La conquista del potere* di Sinclair?»

Mentre sproloquiava nel suo megalomanico trionfo, non si accorse che a passettini si stava avvicinando a lui il varano, che stava emettendo dalle narici fumi di vapore acqueo.

A quel punto Gabriella, che fino a quel momento se ne era stato prudentemente in disparte, giocò la sua carta e diede un ordine alla bestia.

«Kumbooo, succhialo!»

Senza fare alcun rumore, il sauro aprì la bocca e San Francesco scomparve al suo interno.

«Kumbooo!», continuò Gabriella, «trita e ingoia!»

Si sentì un sinistro rumore di ossa fracassate e dagli aguzzi denti del varano colò sulla sabbia molto, troppo sangue.

Cinque minuti dopo, finito di masticare, sputò un paio di polacchine in similpelle e un saio francescano.

Poi si voltò e lentamente scomparve dietro la tenda.

21
CAMBIARE TUTTO PER NON CAMBIARE NULLA

In tutto il tendone del circo aleggiava un silenzio carico di imbarazzo.

Furono i nani, da sotto alle panche, i primi a proferire parola.

«Adesso cambierà tutto, sì, adesso *è iniziata una nuova Era*», si dissero squittendo e sfregandosi le manine.

«Finalmente! Sì, è proprio vero che cambierà tutto, ve lo prometto!», affermò Gabriella, particolarmente euforico. «Questo è un grande momento, amici miei. Che sia Musica nuova!»

«Dottor Gabriella, se ci permette festeggeremo questo evento con la banda dei nani, quella delle grandissime occasioni!», disse all'ex cretino un nano musicista.

Da sotto alle panche uscì la banda musicale dei nani dei Servizi Segreti, vestitisi per la straordinaria occasione con straordinarie giacche bianche decorate con alamari d'oro, e sul capo cappelli a cilindro neri con pennacchi rossi.

Il nano Gran bastone, che si distingueva dagli altri perché indossava guanti bianchi e un cappello da ambasciatore, agitava un bastone a strisce bianche e rosse, dando il tempo ai musici.

«Che la festa abbia inizio!», urlò Gabriella, battendo felice le mani.

«Tutti su alla fortezza!», gridò l'autista.

Vista dall'alto, la lunga fila di nani multicolori e festanti che avanzavano in mezzo all'erba, seguiti da due uomini più alti e saltellanti, era uno spettacolo davvero inconsueto e bizzarro.

Persino i corvi si fermarono a guardare sorpresi, scambiandosi delle occhiate significative da corvi del malaugurio, come a dirsi *"che spettacolo penoso... anche a Megaditta è arrivata la felicità"*.

Su alla fortezza, intanto, i nani spia avevano attivato i megafoni, facendo arrivare ovunque la lieta novella.

«Kumbo ha mangiato i due tiranni! Questo è un giorno di giubilo. Dopo anni di vessazioni e sottomissioni al Despota Guerrin Arturo Santamaria, e scampato il pericolo rappresentato dalla vipera polacca Otto Kluksmann, è finalmente cominciata l'*Era della gioia e della libertà*!»

Quando la banda fu a un centinaio di metri dalla porta Maggiore, l'immenso portale di legno si spalancò per accoglierli.

Invece dei soliti gendarmi provvisti di una muta ferocissima di cani, andarono incontro a Gabriella, all'autista e ai nani musicanti un torrente in piena di sudditi festanti, che avevano abbandonato i loro posti di lavoro per festeggiare la Nuova Era.

Tutti applaudirono l'allegra comitiva che era riuscita a eliminare il Megapresidente e il cattivissimo Otto Kluksmann.

«È finita! I tiranni sono tutti morti! Eccolo, finalmente, il grande momento!», disse una donna allattando il suo bambino.

Un cieco dalla nascita, che non voleva essere da meno, accompagnato da un sordo che gli aveva descritto cosa stava avvenendo, salì sulle spalle di un nano, che si dimostrò particolarmente accomodante per l'occasione.

«Silenzio!», urlò. «Viva il nuovo Megapresidente! Ma come si chiama costui?», chiese rivolgendosi a un sordomuto cieco dalla nascita che stava chiedendo l'elemosina.

Il cieco non rispose, ma il suo cane gli porse con la bocca un biglietto con scritto *Gabriella Gabriella*.

La folla era impazzita di gioia.

«Viva viva Gabriella! La notizia è la più bella! Tutti alla piazza Grande!»

I sudditi osannanti rientrarono in Megaditta, riversandosi ancora una volta nella piazza principale.

Solo il cieco, che a modo suo finalmente aveva *visto* di cosa i sudditi avevano realmente bisogno, schiattò per un colpo apoplettico.

Il suo corpo venne calpestato, e un disoccupato di passaggio gli rubò gli occhiali scuri, il cartello con scritto *cieco dalla nascita* e la tazza per chiedere l'elemosina.

Solo il suo cane guida sembrava indeciso, ma poi leccò il padrone per l'ultima volta, gli pisciò addosso e se ne ritornò in città, seguendo il suo nuovo datore di lavoro.

Per festeggiare l'*Era della gioia e della libertà*, tutti i sudditi, per la prima volta, avevano smesso di lavorare.

Persino i dirigenti, i quadri e gli impiegati leccaculo del settimo piano erano scesi in piazza a fare il bagno nella grande fontana, portandosi dietro le massaie lituane e addirittura gli odiatissimi impiegati addetti alla richiesta di finanziamenti e leasing.

Mentre venivano bruciate le migliaia di foto che ritraevano nelle pose più disparate il Megapresidente che fu, dalle finestre delle case era tutto uno sventolìo di lenzuola bianche, su cui era stato scritto, con il sangue dei pensionati del *Circolo ricreativo il boccino d'oro*: *"Benvenuto Gabriella"*, *"Viva Gabriella"*.

Gli ex internati del manicomio, abbracciati alle guardie e agli psichiatri aguzzini, ora cantavano felici.

«Hurrà, Gabriella Gabriella, tu sei la nostra stella!»

Dalle finestre le donne non ancora maritate presero l'occasione al volo e buttarono garofani e festoni di carta argentata dalle loro finestre, accompagnandoli con biglietti con su scritto *"Quasi illibata cerca onesto marito"*.

In quella magnifica e unica giornata di sole, anche i parroci si rimisero la toga e andarono a suonare le campane delle loro chiese sconsacrate.

Il suono delle campane, finalmente libere, accompagnava il canto dei liberati.

«Gabriellà! Eya eya Gabriellà! Eya eya Gabriellà!»

D'un tratto, dalla solita finestrella del settimo piano, sbucò lentamente il Megamegafono di alluminio.

Si fermarono di colpo le campane, le trombette, i cori, le danze e le urla festose, per lasciare il posto a un più composto silenzio d'attesa.

Una voce completamente nuova si diffuse nell'aria.

«Grazie per il silenzio, amici miei. Io sono Gabriella, Gabriella Gabriella, per essere più precisi. Io non sono il nuovo Megapresidente, ma un vostro *amico*. Questo è per me, e per voi – e non voglio dirvi sudditi ma con vero affetto vi chiamo *fratelli* – il momento più felice di tutta la vita. Sicuro di interpretare i vostri più profondi desideri, ho deciso di abolire tutte le caste, i gradi militari e burocratici con i quali per anni ci hanno imprigionati! Da questo momento siamo tutti liberi e, soprattutto, tutti uguali!»

La folla applaudì lungamente, commossa, sino a spellarsi le mani.

Il Megafonodemocratico continuò.

«*Fratelli*, ci sarà lavoro per tutti. E dico proprio tutti! Certo, percepirete un lauto stipendio, ma la grande novità è che dovrete andare al lavoro solo due giorni alla settimana, in modo da poter coltivare le vostre attività preferite: gli scrittori potranno scrivere liberamente, i pittori dipingere, se vogliono anche le pareti di casa e i muri della città. Si potrà bere liberamente vino e birra gelata, e i nostri fornai distribuiranno gratuitamente farina euforizzante ai depressi, sia pure in dosi personalizzate e controllate dai nostri medici. Costruiremo insieme grandi opere, come un grande anfiteatro di musica classica per i sordi, e grandi cinema braille per i ciechi. Sarà abolito lo stupido vincolo di fedeltà coniugale. I mariti e le giovani spose potranno creare coppie aperte e accoppiarsi con qualunque cosa si muova ogni lunedì, martedì e mercoledì».

«E il resto della settimana?», chiese una donna ninfomane.

«A vostra scelta!», concesse il Megafono.

Dalla porta della cattedrale che dava sulla piazza uscì il prete.

«E i sacerdoti?», chiese.

«Se vorrete, potrete sposarvi», intervenne l'autista dalla piazza, intuendo quella che sarebbe stata la magnanima risposta di Gabriella.

Seduto sul bordo della fontana c'era un disgraziato che respirava a fatica. Era un obeso.

«Gabriella! E le diete?», chiese.

«Abolite tutte; cibi consigliati dai nostri dietologi saranno: Nutella, bucatini ai 5 formaggi, crema pasticciera e superalcoolici a volontà», disse il Magnanimomegafono.

«Ci sono limiti per le uova sode?», chiese uno molto magro vestito di nero.

«Anche 38 al giorno e, chi vuole, con il guscio», rispose il Capo.

Un fabbro, tenendo alto il martello, urlò per farsi sentire.

«E i nani, quei bastardi, che fine faranno?»

A questa domanda ci fu un *"ohoooooo"* della folla, che con i nani aveva un conto aperto da sempre.

«Tranquilli, saranno isolati nella pianura in riserve recintate con filo spinato, assieme ai maiali e alle oche».

Gli applausi e le grida di giubilo furono incontenibili.

Questo, per quel giorno, fu l'ultimo editto di Gabriella Gabriella il Cretino.

Quando il megafono venne ritirato dalla finestrella, continuò la caciara giù dabbasso fino a tarda sera.

Gli ex sudditi, ormai liberi cittadini, si trascinarono verso le loro case sorreggendosi l'un l'altro.

Molti vomitarono, ma non si crearono troppi problemi, perché sapevano che da quel giorno ci sarebbero stati spazzini per tutti.

Un grande sonno ristoratore, finalmente, avvolse Megaditta.

Era quasi l'alba, quando il leggerissimo e quasi impercettibile suono sinistro di una campana a morto svegliò la città liberata.

Era la campana principale della cattedrale.

I pochi passanti già in strada si fermarono, interdetti.

Alle finestre i visi assonnati di alcuni ex sudditi guardarono in alto e poi in basso.

La campana funebre continuò a suonare sino al sorgere del sole.

Un sarto, dal quinto piano di un palazzo, che aveva cucito tutta la notte e solo da pochi minuti s'era messo a dormire, uscì sul terrazzo con il viso assonnato.

«Ma che cazzo succede?», urlò con rara ed esemplare eleganza dialettica.

Nello stesso istante, il ben noto megafono padronale di latta si palesò da una finestra.

La voce che si udì era quella dell'autista, che si presentò in un nuovo completo di cuojo nero con borchie da guerra.

«*Sudditi*, il nuovo Megapresidente ha un'importante comunicazione da farvi».

Il fatto che dalle confortanti parole *amici* e *fratelli* si fosse passati a *sudditi* mise tutti sull'allarme.

Si sentì quindi la voce di Gabriella, venata di tristezza.

«Sudditi, *mio malgrado*, date le improvvise e imprevedibili condizioni economiche di tutto il mondo circostante, ci vediamo costretti ad alcuni dolorosi cambiamenti. Verranno subito restaurate le caste. La piramide burocratica sarà composta dai soliti dirigenti, piramide al vertice della quale, ovviamente, ci sarò *Io*, con diritto di vita e di morte su chiunque. Sono sospese *sine die* le grandi opere e, purtroppo, dobbiamo abolire anche le pensioni per i ciechi e per i disabili. Il lavoro sarà obbligatorio per tutti i sudditi fin dall'età di 9 anni e si andrà in pensione non prima degli 87. Verranno chiuse le librerie, i teatri, le scuole e sarà vietata ogni forma di cultura, soprattutto la pittura di transavanguardia. Là dove non verranno aboliti, saranno decurtati pesantemente gli stipendi ed eliminate le ferie. La parola *vacanza* è già stata cancellata da tutti i vocabolari. I fornai saranno rinchiusi in speciali recinti e saranno a disposizione solo della casta dirigente del settimo piano. Divieto assoluto di ogni tipo di alcoolico; saranno permesse solo, e questa è una concessione generosa che io vi faccio, l'uso sfrenato di uova sode con guscio».

«Eccellenza Gabriella, e i nani?», chiese timoroso il solito fabbro dalla sua officina.

«Continueranno a vivere nascosti nel sottosuolo e sempre al servizio di *noi* potenti... Fatevi coraggio! Del resto, è meglio procedere sempre sulla stessa strada, piuttosto che imboccarne una di cui non si conosce il percorso».

Così dicendo, consegnò il megamegafono all'autista.

Gabriella si allontanò senza voltarsi.

«Autista», chiese, «mi sarai sempre fedele?»

Quello non rispose.

Il Megapresidente Gabriella si fermò.

«Allora? Mi sarai sempre fedele?»

«Signor Megapresidente di fresca nomina… lei conosce le regole del Potere...»

INDICE

1	Megaditta	5
2	Megaditta è in pericolo	13
3	si studia un piano	17
4	i cretini a raccolta	21
5	adunata di piazza	27
6	festa di piazza con repressione	31
7	arriva il nemico	37
8	al ristorante macrobiotico	47
9	intermezzo di indecisione	57
10	i balletti di Pina Bausch	63
11	operazione lingua	73
12	la *nouvelle cuisine* di Garaque	79
13	lezione di vita alla taverna del suddito	91
14	in chiesa	105
15	la festa d'accoglienza	113
16	l'incontro	123
17	alla taverna del tangentista	129
18	Gabriella all'attacco!	137
19	operazione Kumbo il varano	141
20	la resa dei conti	145
21	cambiare tutto per non cambiare nulla	149

COLLANA I MOSAICI

Giorgio Celli – *Gatti in giallo*
Paolo Maurensig – *La Tempesta - il mistero di Giorgione*
Paolo Maurensig – *L'oro degli immortali*
Paolo Villaggio – *La fortezza tra le nuvole*

Questo volume è stato stampato
nel mese di settembre 2011,
dalla tipografia Sartor (Pordenone),
con i tipi di Morganti editori.